À Pierre,

Quand je lis
un bon roman
je veux tout de suite
le partager et c'est
avec toi que je
voudrais partager
Bove !

[illegible]

LE PRESSENTIMENT

Emmanuel Bove

LE PRESSENTIMENT

ROMAN

Préface de Marie Darrieussecq

Éditions Le Castor Astral

TEXTE INTÉGRAL

ISBN 978-2-7578-1226-6
(ISBN 2-85920-684-1, 1re publication
ISBN 2-02-037870-1, 1re publication poche)

AVERTISSEMENT

Les hasards de l'édition provoquent parfois de curieuses coïncidences. Ainsi en fut-il pour l'édition originale du Pressentiment, *d'Emmanuel Bove.*

Dans leur numéro 172, d'octobre 1935, les Œuvres libres *(« recueil littéraire mensuel ne publiant que de l'inédit ») présentaient ce « roman inédit et complet ». Or, le même mois, les éditions Gallimard (alors sises au 43, rue de Beaune) publiaient le même récit, dans une version quelque peu différente et pouvant apparaître comme définitive. C'est cette version que nous présentons ici. Elle révèle pratiquement à chaque page d'assez nombreuses retouches de détail. Charles Morice, le personnage principal, devient Charles Benesteau, et divers noms de lieux sont modifiés. Au-delà de ces changements, de sensibles remaniements sont décelables. L'étude comparative de ces deux étapes d'un même texte s'avère extrêmement intéressante, apportant de précieuses indications sur le mode d'écriture de l'auteur.*

Ce phénomène est d'autant plus significatif qu'il est révélé dans l'un des écrits les plus caractéristiques de l'œuvre d'Emmanuel Bove, tant au niveau de la thématique qu'au point de vue proprement stylistique.

Raymond COUSSE
Jean-Yves REUZEAU

Pourquoi il faut lire Emmanuel Bove

Charles Benesteau est un homme qui se bat contre les idées toutes faites et les vies toutes tracées. Son combat, discret mais opiniâtre, consiste en un retrait. Benesteau est une sorte de Bartleby de la vie sociale – il *préférerait ne pas*. Comme le personnage de Melville, mais en moins spectaculaire, ce bourgeois parisien opère un repli, qui est d'abord géographique : il quitte le riche boulevard de Clichy pour s'installer rue de Vanves, derrière la gare Montparnasse, autant dire sur une autre planète : « un des plus sinistres quartiers de Paris ». Aujourd'hui chic et rebâti, le XIVe arrondissement était à l'époque – les années 1930 – une zone ouvrière semi-ruinée, ponctuée de taudis et de *squats* avant l'heure. À une question de son ex-épouse lui demandant s'il habite bien « près de la porte d'Orléans », Charles répond qu'il ne faut rien exagérer. Il loue un trois-pièces décent, à deux pas des crêperies de la rue de la Gaieté et des bistrots de la rue d'Odessa. Il va souvent se promener au jardin du Luxembourg et il descend, à pied, jusqu'au boulevard Saint-Michel. Son exil reste mesuré, et Charles s'étonne surtout de l'étonnement qu'il provoque.

Ce n'est pas tant l'abandon de sa carrière d'avocat, qui agace sa famille, que son déclassement au milieu des concierges, des blanchisseuses et des cheminots. Charles renonce à l'héritage, à l'usine paternelle, au foyer conjugal, à la vie mondaine, à la conversation. À sa maîtresse, aussi, qui complétait le programme bourgeois. Personne ne fait d'éclats, les liens se dénouent dans une apparente torpeur – élégance, ou indifférence. Dans les faits, épouse, sœur, frères et maîtresse reviennent sans cesse à la charge pour guérir Charles de sa lubie. Ils frappent à sa porte, calculent, complotent, mentent. Le conseil de famille finit par diagnostiquer une maladie des nerfs. On attend que la crise passe : à force de manœuvres, on espère que le fugitif revienne à la raison, à la maison, et à des jours tranquilles boulevard de Clichy.

Pourquoi a-t-il tout quitté ? Le roman ne donne qu'une réponse, laconique, presque puérile : « il trouvait le monde méchant ». Ce discours fait très mauvais effet sur sa famille. On renvoie Charles à toutes les raisons qu'il a d'être heureux, on le sermonne comme un enfant, on lui dit de manger son potage bourgeois. De son enfance le roman ne donne qu'un aperçu : l'unique image d'une mère aimante – « gentille ». Mais la gentillesse n'est pas une valeur dans l'univers d'origine de Charles. Il va découvrir qu'elle ne l'est pas non plus dans les autres classes sociales. D'un bord à l'autre du monde, sa propre bonté est prise pour de l'idiotie. Il s'agit de profiter vite de ce benêt de Benesteau, avant que d'autres découvrent le filon.

La première scène le montre contemplant des jeux d'enfants, avec « l'expression attendrie d'un père à qui la mort aurait ravi un fils ». Il n'y a pas de tel drame dans son passé linéaire ; pourtant, il s'agit bien d'un père qu'on a privé de sa paternité. L'éducation donnée par sa femme à ses fils les a éloignés de lui. D'ailleurs il a toutes les raisons de penser qu'il n'est pas leur vrai père. Mais là encore, gentiment, calmement, il a accepté de jouer son rôle, déployant un amour qui culmine dans la fausse alerte de la maladie du fils – autre calcul sordide pour le ramener.

Mais Charles, rue de Vanves, est devenu ermite. Il découvre qu'il aime être seul. Il écrit ses souvenirs, assis devant sa fenêtre. Il sait que sa vie n'a rien d'extraordinaire, il note des détails. Un jour d'exaltation, il entrevoit pourtant ce que cela pourrait être, écrire : « un grand projet, donner à ses souvenirs un sens beaucoup plus général ». Exactement à ce moment-là, la concierge à nom d'hôpital, Mme Bichat, frappe à sa porte. Désormais la vie de Charles ne sera plus que demandes, exigences déguisées en services, harassants malentendus, et pour finir, accusations.

Aucun angélisme social, chez Emmanuel Bove. Les concierges sont aussi odieuses que les bourgeoises, et la misère, en plus, les enlaidit. Eugénie, la bonne, n'est peut-être brave que d'être demeurée. Juliette, la pauvre orpheline, est butée, ingrate et sournoise. Léa, la vaillante ouvrière, est une langue de vipère. Et Mme Chevasse, la veuve de guerre aux sacrifices intéressés, est un monstre d'égoïsme maternel. Aucune beauté, et surtout pas morale, dans la pauvreté et l'absence d'éducation. Les cours des immeubles « sans air, sans lumière et sans eau » sont des cloaques, et le trois-pièces de Charles, avec ses fenêtres sur rue, semble un palais à ses voisins. Ils ont tôt fait d'envahir ce « locataire chimérique », dont on trouvera des réminiscences dans le roman de Topor adapté par Polanski. Il a beau protester – « je suis un locataire comme tout le monde » –, les fantasmes projetés sur ce *Monsieur* si étrangement seul vont vite bouleverser sa routine célibataire. On se confie à lui, on lui demande conseil, puis on complote, on calcule, on le vole. On le croit naïf et on lui tend des pièges. Et parce qu'il est plus rétif que prévu, on le calomnie. Comme chez les bourgeois.

Le procès mené par les pauvres sera encore plus impitoyable que celui des riches. *Le Pressentiment* est le récit d'une exécution publique. Charles n'a plus une minute de paix, ni pour écrire, ni même pour mourir. « Le petit appartement où il s'était retiré avec tant de joie, où la solitude lui avait été si douce, était devenu une sorte de lieu public. » « Le malheur quand on est en prison, c'est de ne pouvoir fermer sa porte », écrivait Stendhal dans *Le Rouge et le Noir*, autre récit d'une condamnation à mort.

Charles n'est dupe de rien. S'il a été naïf, c'est de croire qu'on pouvait changer de vie en changeant de lieu et de milieu. Mais le monde est partout « méchant ». La désertion s'avère impossible. La surveillance est partout. Tous ses actes, même les plus simples – se promener, rester chez lui, ouvrir sa porte – sont auscultés et commentés. Alors, il s'excuse, il paie de sa poche et de sa personne. « Son esprit était ailleurs. Il pensait à la situation ridicule où il se trouvait, à l'amertume qui l'aurait envahi s'il avait pris ces histoires au sérieux. » Et puis, dernière politesse, dernière discrétion ou dernier renoncement, il meurt. Enterrement grandiose, récupération du cadavre par le côté bourgeois, à la grande satisfaction du côté prolétaire à qui le spectacle est offert.

« Mon mari a disparu », pourrait dire l'épouse de Charles, et je lis aussi *Le Pressentiment* comme le contre-champ inattendu de mon roman *Naissance des fantômes*, où une femme attendait sans réponse le retour d'un mari devenu spectral. Où vont les morts, où vont les maris qui désertent ? Peut-être seulement rue de Vanves (la rue a d'ailleurs disparu depuis). Ou juste en face de chez eux, dans un infime pas de côté qui devient un gouffre et un monde, comme dans *Wakefield*, la célèbre nouvelle d'Hawthorne, où un époux aboulique se réfugiait dans une chambre à deux pas de chez lui, et assistait, des années durant, à sa propre absence.

De quel *pressentiment* s'agit-il, dans le roman de Bove ? Celui du lecteur, qui sent, dès les premières notes de cette élégie, que la fugue de Charles est vouée à l'échec ? Celui de Charles lui-même, étrange mélange de naïveté et de pessimisme radical ? Une phrase soustend tout le récit, un cliché qui tombe comme un couperet : si Charles est parti, dit l'un de ses frères à ses funérailles, c'est qu'« il devait avoir le pressentiment de sa mort ». Oraison funèbre commode, qui abat la dalle sur le tombeau, mais qui, on le sent bien, ne suffit pas à expliquer le mystère de ce geste.

Emmanuel Bove est un auteur discret autour duquel se sont solidifiés plusieurs clichés. Il serait « le plus grand des auteurs mineurs ». Ce livre est sans doute un de ses meilleurs, alors qu'est-ce qu'un grand livre d'un auteur mineur ? Un grand livre, tout simplement. Je vois Bove comme un précurseur de Patrick Modiano, avec son goût pour les quartiers périphériques, pour les marginaux discrets, qui ne sont pas tant des anti-héros que des déserteurs. De magnifiques êtres de refus, un refus d'autant plus formidable qu'il est sans effet, sans esbroufe – refus même de convaincre ou de s'expliquer. Sur ces contestataires de l'ombre, les discours tout faits ne tiennent pas et glissent. Leur héroïsme est de savoir si bien les reconnaître et s'y soustraire. Clichés des concierges : « le monde qui se respecte » opposé à « ces Italiens » (les immigrés de l'époque) ; « ceux qui se paient de mots » opposés à « ceux qui se sacrifient, moi j'ai souffert » ; et autres « mon mari, lui, c'est un homme ». Clichés des bourgeois, similaires mais plus châtiés : « mon pauvre ami, ce n'est pas à nous que nous pensons, c'est à toi » ; et les « Alberte est une femme absolument charmante ».

La fameuse « petite musique » de ces auteurs discrets devient une ligne de basse qui accompagne chaque phrase et qui, l'air de rien, fait trembler les mots. Une langue souterraine, puissante sous son silence apparent.

Peu de métaphores, pas de « poésie », pas de recherche narrative *visible*, mais une sorte d'antidote à tout discours conventionnel. De ces livres-là, dépourvus d'emphase, il reste un goût, un poids, une douceur triste, et quelque chose comme de l'amour et de l'innommé.

Marie DARRIEUSSECQ

I

Le 13 août 1931, sur la fin de l'après-midi, un homme pouvant avoir une cinquantaine d'années montait l'avenue du Maine. Il était vêtu d'un costume foncé et coiffé d'un feutre d'un gris clair passé. Il portait quelques provisions pour son dîner, soigneusement enveloppées et ficelées dans un papier marron. Personne ne le remarquait tant son aspect était quelconque. Sa moustache noire, son binocle, sa chemise à grosses rayures, ses chaussures de chevreau craquelé comme un vieux vase, n'attiraient en effet pas l'attention.

Au coin d'une rue, il s'arrêta plusieurs minutes pour regarder jouer des enfants, sans se demander si sa curiosité allait provoquer un attroupement. Il avait l'expression attendrie d'un père à qui la mort aurait ravi un fils. Plus loin, pour entrer dans un bureau de tabac, il dut traverser l'avenue. Il le fit avec d'innombrables précautions, un bras levé pour attirer l'attention des chauffeurs, dans le sillage d'une voiture d'enfant. Il faisait lourd. Le ciel était couvert et pourtant la lumière était aveuglante. Les camionneurs, nombreux dans ce quartier proche de la gare Montparnasse, avaient ôté leur veste. D'un siège à l'autre ils échangeaient des injures aussi naturellement qu'on respire, et cela dans l'indifférence générale. À la hauteur du cimetière, Charles Benesteau – ainsi s'appelait cet homme – tourna à droite dans la rue de Vanves. Deux cents mètres plus loin, il s'arrêtait devant une maison à la façade comme noircie au fusain. Sur un côté de l'entrée, une plaque signalait aux passants l'existence d'un certain docteur Swartz, spécialiste des maladies de la gorge. Sans frapper, il ouvrit la porte de la loge, en disant : « C'est moi », prit un journal déposé à son intention sur un petit guéridon, et commença à gravir l'escalier.

Il y avait un peu plus d'un an que Charles Benesteau s'était séparé de sa femme, de ses enfants, qu'il n'avait plus reparu au Palais, qu'il avait rompu avec sa famille, sa belle-famille, ses amis, qu'il avait quitté son appartement du boulevard de Clichy. Que s'était-il passé ? Lorsqu'un homme vit entouré de l'affection des siens, de l'estime de ses confrères, un changement d'existence aussi complet est à première vue incompréhensible. Aussi le lecteur nous pardonnera-t-il de nous attarder sur le passé et le caractère de Charles.

*

* *

Ç'avait été en 1927 seulement que les faits et gestes de Charles avaient commencé à surprendre la famille Benesteau, le père surtout. Charles était devenu sombre, susceptible, coléreux. On avait d'abord pensé à une conséquence tardive de la guerre, puis à une maladie. En 1928, il fut décidé qu'il partirait avec sa femme pour le Midi. Mais à son retour, il n'y eut rien de changé. Au contraire, son état avait empiré. Il continuait cependant à se rendre régulièrement à ses occupations, à recevoir, à s'intéresser à tout ce qui touchait son milieu, mais il le faisait comme un homme qui a un secret, avec un air distrait, lointain, triste, un air qui ressemblait étrangement à celui que nous lui avons vu tout à l'heure, quand il s'était arrêté pour suivre les jeux de quelques enfants. Quand on lui posait une question, il ne répondait pas, ou bien il haussait les épaules. Après les vacances de Pâques, il ne retourna plus au Palais. On ne tarda pas à s'en apercevoir. Ce fut prétexte à un conseil de famille. On l'interrogea, on se fit si persuasif qu'il consentit finalement à parler. Il trouvait le monde méchant. Personne n'était capable d'un mouvement de générosité. Il ne voyait autour de lui que des gens agissant comme s'ils devaient vivre éternellement, injustes, avares, flattant ceux qui pouvaient les servir, ignorant les autres. Il se demandait si vraiment, dans ces conditions, la vie valait la peine d'être vécue et si le bonheur n'était pas plutôt la solitude que ces misérables efforts qu'il lui fallait faire pour tromper son entourage. Ce langage fit le plus mauvais effet sur sa famille. Tout le monde se regarda avec surprise et inquiétude. Ces opinions dans la bouche de Charles semblaient aussi déplacées que dans celle d'un enfant. On lui fit remarquer qu'il n'avait pas le droit de parler comme il le faisait, qu'il fallait laisser cela aux malheureux. Quand on avait eu la chance d'avoir un père comme le sien, une femme comme la sienne, des frères comme les siens, on devait s'estimer heureux et tout faire pour rester digne d'eux. Que ceux qui n'avaient pas de fortune, pas de famille, tinssent des propos semblables, c'était pardonnable, mais qu'un homme qui n'avait jamais souffert, qui, à cause de sa myopie, n'avait été qu'auxiliaire pendant la guerre, le fît, cela n'était pas permis. Quelques mois plus tard, une angine de poitrine emportait M. Benesteau père en huit jours. Ce malheur ne parut pas frapper Charles outre mesure. Dès le matin, il quittait son domicile pour aller se promener on ne savait où. Souvent, il ne rentrait même pas déjeuner. Le soir, il s'enfermait dans son cabinet et lorsque sa femme frappait à la porte, il lui parlait sans la laisser entrer. En janvier 1930, des difficultés s'élevèrent au sujet de l'héritage. De plus en plus inquiets, les frères et la sœur s'étaient réunis plusieurs fois. D'un commun accord, ils avaient estimé qu'il serait imprudent de remettre à Charles, tant qu'il n'aurait pas retrouvé la santé, la part qui lui revenait. On l'en avisa avec tous les ménagements possibles. Il s'emporta. On feignit de céder mais, le lendemain, on alla consulter un notaire sur le moyen d'empêcher Charles de dilapider sa part du patrimoine. Il en eut vent. De ce jour, il s'assombrit encore. Sa femme elle-même ne pouvait plus l'approcher. La manœuvre des siens avait accru son amertume. Que penser d'un monde où votre propre famille, vos propres frères cherchent à vous nuire ? Il écrivit une lettre de huit pages à son frère – il avait un peu la manie d'écrire – pour lui dire qu'il renonçait à la succession, qu'il n'était rien qui lui fît plus horreur que les discussions d'argent. Sa femme lui fit observer qu'il n'était pas seul, qu'il fallait qu'il songeât à ses enfants et à elle-même. Il lui répondit que les Rivoire étaient assez riches pour qu'elle n'eût rien à craindre dans l'avenir. Il la pria de ne plus jamais lui parler de cet héritage. Elle se mit en colère. Il la regarda avec pitié et lui dit ces deux mots d'une voix sifflante, de manière à leur donner un sens profond : « Toi aussi ! » En mai de la même année, il allait habiter une petite pension de la rue de Fleurus. Six semaines plus tard, après toutes les sommations, sa femme demandait le divorce.

*

* *

Lorsqu'il eut refermé la porte de son logement, accroché son chapeau, posé son paquet sur la table de la cuisine, il se rendit dans la première pièce. Elle donnait sur la rue de Vanves et, à la fin de la journée, le soleil l'égayait. Il en avait fait son cabinet de travail. Les murs étaient tapissés de livres. Il eût pu emporter des objets du boulevard de Clichy, notamment la terre cuite de Falconnet dont sa mère lui avait fait cadeau, un ou deux ans avant sa mort, au moment où, jeune avocat célibataire, il s'était installé rue de la Pépinière. Mais il ne l'avait pas voulu. Seule une tête de plâtre, achetée sur les bords de la Seine, ornait la cheminée. Devant la fenêtre, sur deux tréteaux, une grande planche lui servait de bureau. Dans un coin, se trouvait un divan. Une toile qu'on devinait achetée avec des mesures approximatives le recouvrait. Si elle était trop longue aux pieds et pendait à terre, elle était trop courte sur le côté et laissait paraître les grosses rayures blanches et grises du sommier. Charles ouvrit la fenêtre, revint à la cuisine pour y préparer son dîner. Une demi-heure plus tard, il s'asseyait à sa table de travail. Le soleil s'était retiré. De l'autre côté de la rue, un ouvrier fumait à sa fenêtre. De temps en temps il se retournait et regardait derrière lui en baissant la tête, ce qui laissait supposer qu'il y avait un enfant qui jouait à ses pieds. Ses yeux perdus devant lui, Charles Benesteau réfléchissait. Chaque soir, vers la même heure, il s'installait ainsi à son bureau pour écrire ses souvenirs. Il les avait déjà commencés boulevard de Clichy. Il le faisait avec simplicité, sans art, sans la plus petite arrière-pensée d'être lu un jour.

« J'ai déjà longuement parlé de ma mère, écrivait-il. Mais j'ai omis de dire qu'elle avait l'habitude de répondre avec la plus grande bienveillance à toutes les demandes de secours. La petite anecdote que je vais rapporter ne s'effacera jamais de ma mémoire. Elle montre combien grande était la bonté de ma mère. Cela se passait il y a une quarantaine d'années. J'avais donc dix ans. Ma mère devait avoir l'âge que j'ai aujourd'hui. Elle était très belle. Je l'entendais souvent dire par tous les gens qui l'approchaient et cela me remplissait de fierté. »

Charles continua ainsi jusqu'à la tombée de la nuit. Maintenant, seules les lumières de la rue éclairaient la chambre. Il rangea ses papiers, se leva. Son visage était empreint de lassitude. Sa tâche terminée, il n'éprouvait jamais cette satisfaction profonde que donne le travail accompli. Il demeurait aussi énigmatique, aussi insatisfait qu'avant. Car, il faut le dire, aucun besoin véritable ne le poussait à écrire ses souvenirs. Il ne voyait dans sa vie rien qui fût particulier. Il n'avait aucune rancune ni aucun amour violents. Son passé ne revivait devant ses yeux qu'à force d'application et d'effort. C'était à un travail sans éclat qu'il s'astreignait.

II

Charles Benesteau venait de mettre son chapeau. Il s'apprêtait à sortir, comme il le faisait chaque soir, vers neuf heures, lorsqu'il entendit des bruits de voix et de pas dans l'escalier. Il crut d'abord qu'il s'agissait d'un groupe de jeunes gens et comme ceux-ci l'effrayaient un peu, à cause de leurs gestes brusques, qu'il détestait à avoir à se protéger d'un coup, qu'il n'aimait pas à perdre contenance, il attendit derrière sa porte que le silence revînt. Mais les voix se firent plus distinctes et il reconnut qu'elles n'étaient pas celles de jeunes gens. Puis il perçut distinctement ces mots : « Je n'ai jamais vu autant de portes de ma vie. » Au même moment, on frappa. « Tapez plus fort », dit une voix féminine. Il reconnut celle de sa sœur. Il y avait presque un an qu'il n'avait pas vu Simone. Aucune émotion ne parut pourtant sur son visage. Il ôta son chapeau, retourna à pas lents dans son cabinet de travail pour faire de la lumière, revint ouvrir. Simone n'était pas seule. Ses deux frères, ceux qui avaient pris la direction de la fabrique, l'accompagnaient. Séparément, ils étaient déjà venus deux ou trois fois rue de Vanves pour supplier Charles de reprendre une vie normale. Ils s'effacèrent pour laisser passer Simone. Mais elle ne bougea pas. En une telle circonstance la galanterie n'avait plus de raison d'être. « Entre le premier », dit-elle à Edmond comme s'il faisait nuit noire dans le petit appartement.

– Vous auriez pu ne pas me trouver, observa Charles. J'allais sortir. C'est l'heure où je fais ma petite promenade.

– Nous ne le savions pas, vois-tu. Nous pensions au contraire que c'était vers cette heure-ci qu'on avait le plus de chance de te trouver chez toi.

– Donnez-moi vos chapeaux. Edmond, donne-moi ta canne.

L'aîné obéit. Sans s'en rendre compte, il le fit avec cette hauteur que l'on remarque chez l'acteur qui, au moment où il paraît en scène, est censé venir d'une fête. Puis il s'avança vers le cabinet de travail, suivi de Marc, qui n'avait pas voulu se séparer de son chapeau, et de Simone.

– Voulez-vous que je vous offre quelque chose ? demanda Charles en tendant les mains et en les ouvrant.

– Je t'en prie, pas de cérémonie.

– On peut s'asseoir ? demanda Marc en prenant une chaise et en l'inclinant, comme au café, quand il reste des miettes de croissant sur le siège.

– Certainement. Mais assieds-toi plutôt dans ce fauteuil.

– Je le laisse à Simone.

– Je te dis que tu peux t'asseoir dans ce fauteuil. Je vais en chercher deux autres à côté.

– Tu ne vas pas déménager pour nous.

– Ça n'est pas un déménagement que d'apporter deux fauteuils ici. Je le fais souvent.

– Tu reçois donc des visites ?

– Rarement, mais cela arrive.

Edmond regarda sa sœur, puis son frère.

– Des gens que nous connaissons ?

– Je ne crois pas. Enfin, on ne sait jamais. On est souvent étonné d'apprendre que des relations qui nous paraissent les moins faites pour se connaître sont intimes.

Marc sourit.

– Ce que tu viens de dire n'a pas beaucoup de sens.

– C'est une pensée, dit Edmond avec ironie.

Il regarda Marc comme il eût regardé un étranger devant qui il venait de faire un mot. Tous deux étaient des hommes. L'un avait quarante-quatre ans ; l'autre, cinquante-deux. On sentait qu'ils avaient beaucoup lutté pour cesser d'être frères, que d'un commun accord ils avaient transformé leurs liens de famille en ceux d'associés.

– Écoute-moi, Charles, dit Edmond, nous avons à te parler sérieusement. C'est pour cela d'ailleurs que j'ai demandé à notre sœur de nous accompagner.

Simone s'était assise sur le divan. Elle était un peu gênée. Depuis une heure, elle n'avait pas cessé de réfléchir à l'attitude qu'elle prendrait. Car elle avait été très flattée que ses frères eussent jugé sa présence indispensable. Pour être digne de cette faveur, elle était prête à approuver tout ce qu'ils diraient. Mais elle n'avait pas prévu cette conversation préliminaire. Beaucoup plus délicate que ses frères, elle redoutait en y prenant part d'être moins libre par la suite quand il s'agirait de blâmer Charles.

– C'est très bien, dit celui-ci. Je vous écoute tous.

Aucun trouble n'était visible sur son visage. Il recevait ses frères et sa sœur comme il l'eût fait boulevard de Clichy.

– On m'a parlé de toi, commença Edmond, on m'a dit pas plus tard qu'il y a une semaine qu'on t'avait rencontré, des amis t'avaient rencontré rue, attends…

– Rue d'Odessa, dit Marc.

– Rue d'Odessa, en compagnie d'une femme en tailleur. Les lacets de tes souliers traînaient par terre, paraît-il. Tu n'étais pas rasé. Tu tenais à la main un gros paquet enveloppé dans un journal. Tu devais porter ton linge chez une blanchisseuse. Il était pourtant onze heures du soir. Enfin, même si tout cela est exagéré, tu es obligé de reconnaître, si tu es sincère, qu'il se passe quelque chose d'anormal en toi.

En disant ces mots, Edmond s'approcha de la fenêtre.

– Regarde cette rue. Il faut être malade pour venir habiter ici quand on peut habiter ailleurs.

– Pourquoi ? Cette rue est comme toutes les rues.

– Charles, je ne suis pas un idiot. Je comprends très bien ce qui s'est passé dans ton esprit. Tu es fatigué. J'ai interrogé des psychiatres. Ton cas n'a rien d'extraordinaire, quoi que tu puisses en penser.

– Je ne l'ai jamais pensé.

– Brusquement, tu as voulu t'isoler. Tu as eu assez de ta femme, de tes amis, de tes frères. Tu as cru qu'il y avait ailleurs des gens meilleurs. Tu as voulu rompre avec le passé, recommencer une autre vie. Tout cela est, je ne dirai pas normal, mais compréhensible. Malheureusement, il y a autre chose. Tu nous provoques. Oui, tu nous provoques. Car vraiment, si tu n'avais voulu que t'isoler, que te séparer de nous, tu pouvais le faire d'une tout autre façon. Rien ne t'empêchait de louer une petite maison, un petit appartement, une chambre même, à Passy, à Neuilly, à Auteuil, n'importe où, mais dans un endroit où il aurait été normal que tu habites. Au lieu de cela, tu choisis, car c'est un choix, ce n'est pas le hasard, un des plus sinistres quartiers de Paris. Je n'ai vu que des boucheries chevalines dans cette rue de Vanves. Tu ne me feras pas croire que tu aimes ce quartier. Si tu t'y es installé, c'est parce que tu t'es dit : « cela les embêtera ! » Eh ! bien oui, cela nous embête.

Cependant que son frère parlait, Charles regardait distraitement devant lui. Soudain il sursauta, mais très vite il retrouva son calme.

– Comment peux-tu croire une chose pareille, Edmond ? Comment peux-tu t'imaginer que c'est pour vous embêter, comme tu dis, que je suis venu habiter ici ? Pas une seconde je n'ai eu une pareille intention.

– Alors pourquoi ? demanda Simone à qui il avait semblé que le moment était excellent pour intervenir.

– Parce que je n'ai pas voulu choisir, répondit Charles.

– Comment ! Tu n'as pas voulu choisir quoi ?

– Je vois que nous ne nous comprenons pas plus aujourd'hui que nous ne nous comprenions hier. Puisque vous vous êtes dérangés en si grand nombre, je vais tâcher de vous éclairer. Il faut, vous m'entendez, il faut que vous sachiez que si je me suis séparé de ma femme, de mes enfants, de vous, mes frères et sœur, de mes amis, cela n'a pas été parce que je voulais refaire ma vie, comme vous me l'avez dit, ni parce que je voulais m'isoler, mais pour la raison bien simple que je pouvais disposer d'un revenu annuel de quatorze mille francs. J'ai donc cherché selon vos principes un appartement dont le loyer ne dépassât pas le dixième de cette somme. Celui-ci est le premier qui m'ait été signalé. Je l'ai retenu sans le voir et lorsque je suis venu ici pour la première fois, je n'avais absolument aucune curiosité. Il ne s'agissait pas pour moi de savoir si cet appartement allait me plaire ou non. J'avais un endroit où dormir et où travailler. C'était tout ce que je demandais.

– Eh ! bien, mon cher, dit Edmond, je ne croyais pas que tu étais dans cet état-là ! Ah ! non, je ne le croyais pas. Je n'ai jamais vu cela, jamais, jamais.

– Cela n'a pourtant rien d'extraordinaire. Sans l'amour-propre familial, personne n'aurait pensé à s'étonner de ma conduite. Ma femme n'a pas hésité, six semaines après mon départ, je dis six, c'est peut-être huit, le fait est le même, à demander le divorce. Mes enfants sont grands. On les a toujours plus ou moins éloignés de leur père. Je n'ai donc fait de mal à personne.

– Mais, mon pauvre ami, ce n'est pas à nous que nous pensons, c'est à toi. Tu crois donc que nous n'éprouvons aucune peine à te voir vivre ainsi, misérablement, sans affection, comme une bête.

– Tu te trompes si tu crois que je vis comme une bête. Je vis exactement comme avant, matériellement, j'entends, car, moralement, ma vie est cent fois plus belle.

– Tant mieux. La seule chose qui me surprenne, continua Edmond sur un ton pincé, c'est qu'avec des idées comme les tiennes, des idées aussi belles, tu aies gardé ta fortune. Moi, à ta place, je l'aurais donnée à une œuvre, à n'importe qui.

Charles Benesteau se leva, alla ouvrir la fenêtre, car Marc n'avait cessé de fumer.

– Tu ne réponds pas ?

– Non, je ne peux pas répondre. J'ai tort. Je le sais. Je le sais parfaitement, mais je ne peux pas faire autrement. Le jour est proche pourtant croyez-moi, où je parviendrai à me séparer de cet argent auquel vous vous intéressez si vivement.

Durant une demi-heure encore la conversation se poursuivit sur ce ton. Puis Marc, qui avait regardé sa montre à chaque instant depuis son arrivée, s'écria :

– Il est dix heures. Il faut partir.

Tout le monde se leva. Simone se dirigea la première vers la porte. Elle voulait montrer que si elle n'avait presque rien dit, cela n'avait pas été parce qu'elle approuvait Charles.

– Au revoir, mon cher. À bientôt, dit Edmond.

Mais Charles ne prit pas la main que lui tendait son frère.

– Non, non, dit-il, je descends avec vous.

– C'est que nous sommes en voiture.

– Cela ne fait rien. Je vous quitterai en bas.

III

Lorsque la voiture qui emportait ses frères et sa sœur eut disparu, Charles Benesteau qui l'avait regardée partir, immobile devant la maison, descendit la rue de Vanves, puis l'avenue du Maine, jusqu'au pont du chemin de fer. Là, il tourna à droite et atteignit bientôt la gare Montparnasse. Il était près de onze heures du soir. Il faisait encore très chaud. De temps en temps quelques gouttes de pluie tombaient. L'orage grondait. Devant un café dont le store, à certains moments, était secoué avec violence par le vent, Charles Benesteau s'arrêta. Mais le désir qu'il avait eu de s'asseoir à la terrasse s'évanouit aussitôt. Il prit le boulevard de Montparnasse. C'était sa promenade favorite. Il le suivait jusqu'à l'Observatoire, puis regagnait son domicile par la rue Denfert-Rochereau. En marchant, il porta plusieurs fois la main à son front. Son pas était décidé. M. Benesteau n'avait plus rien de commun avec l'homme que nous avons vu s'immobiliser devant un groupe d'enfants. La colère montait en lui. Sans se soucier des passants, il lui arrivait de parler seul, à haute voix. « C'est incroyable. Je me demande de quel droit on se mêle de mes affaires. » Ces gens n'avaient-ils donc pas compris combien grand était le mépris qu'il leur portait ? Et ils avaient l'audace de juger sa conduite, de lui reprocher de n'avoir pas abandonné sa petite fortune ! Car, de toute la conversation qu'il venait d'avoir, c'était ce reproche qui avait le plus frappé Charles Benesteau. S'il était quelqu'un qui n'avait aucune qualité pour le lui adresser, c'était bien Edmond. Plus il réfléchissait, plus il était obligé de convenir que celui-ci, malgré sa bêtise, avait trouvé le point faible.

Arrivé à l'Observatoire, au lieu de remonter vers la place du Lion-de-Belfort, comme il en avait l'habitude, Charles descendit le boulevard Saint-Michel. Il n'était pourtant pas loin de minuit. Mais il avait été si énervé par la visite de ses frères qu'il n'avait pas sommeil. Il se trouvait à la hauteur de la rue des Écoles lorsque soudain l'orage qui menaçait depuis trois heures de l'après-midi éclata. En l'espace d'un instant, le boulevard fut désert. La pluie tombait avec une telle force que les voitures étaient obligées de marcher au pas. L'eau qui coulait sur les trottoirs donnait l'illusion d'une rivière. Charles Benesteau dut courir pour se mettre à l'abri dans un café. Celui-ci était violemment éclairé. Le sol de mosaïque était couvert de traces de pas mouillés. Il était impossible d'approcher du comptoir, tant il y avait de monde. De temps en temps, on percevait, venant de la rue, des bruits de seaux d'eau répandus.

– Où est le téléphone ?

Charles Benesteau descendit au sous-sol. À l'employée, il demanda un numéro. Peu après, il s'enferma dans une cabine.

– C'est vous, Danièle. Excusez-moi de vous téléphoner à cette heure-ci. Il doit être très tard. Je voulais vous demander si je pouvais venir vous voir, tout de suite. Est-ce qu'il y a de l'orage dans votre quartier ? Je prends un taxi et dans dix minutes je suis chez vous. Je suis boulevard Saint-Michel. À tout à l'heure, Danièle. Merci.

Ce qu'il y avait eu de singulier dans cette conversation téléphonique, ç'avait été le ton aimable de Charles. Cet homme que nous avons vu jusqu'à présent si sombre, si loin de ses semblables, était redevenu, durant quelques minutes, le charmant fils Benesteau des années d'après-guerre. Mais ce qui était encore plus singulier, c'est qu'à peine le récepteur raccroché, ses traits s'étaient subitement durcis. Dans le taxi qu'il prit quelques instants plus tard, ils ne s'adoucirent pas. La pluie tombait encore avec force. Le tonnerre roulait au loin. Il n'y avait plus d'éclairs. L'orage s'éloignait. Charles Benesteau pensait toujours au reproche que lui avaient fait ses frères. Qu'adviendrait-il de lui s'il donnait tout ce qu'il possédait ? Devait-il le faire ? Il était parti parce que son entourage lui était devenu insupportable. Il avait cru montrer ainsi qu'il était un homme différent. L'était-il vraiment ? N'était-il pas tout simplement un égoïste ? N'était-il pas en réalité semblable à ceux qu'il méprisait puisque l'argent pour lui avait autant d'importance que pour eux ?

Le taxi descendait à présent l'avenue Mozart. À l'angle de la rue Michel-Ange, il s'arrêta. Charles Benesteau, une fois seul, resta un long instant immobile. On l'eût dit pris de crainte au dernier moment. Il leva la tête. L'immeuble de pierre de taille qui se dressait devant lui avait dû être construit vers 1905. Les balcons, la porte cochère étaient décorés de hauts-reliefs représentant des naïades. Charles sonna. Peu après, il pénétrait chez Mme Charmes-Aicart. C'était une femme de quarante et quelques années. Elle était vêtue d'un peignoir qu'elle maintenait savamment fermé, c'est-à-dire de manière que le décolleté tout en étant très grand ne fût pas exagéré. La gorge était un peu empâtée, mais la peau était fraîche.

– Qu'est-ce qui vous arrive ? demanda-t-elle en regardant le visiteur comme s'il avait vagabondé toute la journée.

– Rien de particulier. Je voulais vous voir, Danièle, répondit Charles Benesteau de cette même voix qu'il avait eue au téléphone.

C'était en 1924, c'est-à-dire deux ans seulement après son mariage, que Danièle, qui ne portait alors que le nom de Charmes, celui sous lequel elle avait fait du théâtre, était devenue sa maîtresse. Puis elle s'était mariée avec un monsieur Aicart. Ses relations avec Charles Benesteau s'espacèrent. Monsieur Aicart était mort peu après, en lui laissant une jolie fortune, comme elle disait. Dès qu'elle eut gagné le procès que lui avait intenté la famille Aicart, elle alla habiter avenue Mozart. Elle avait très peu d'amies, pas de famille. Elle s'isola de plus en plus pour fuir ses camarades de théâtre qui lui demandaient sans cesse des secours. Par contre, elle se lia d'une amitié sincère avec Charles Benesteau. Il était déjà à l'époque sujet à des accès de misanthropie, ce qui convenait parfaitement à la jeune femme. Tous deux se rencontraient souvent, mais jamais personne de l'entourage de l'avocat ne s'en était même douté. Aujourd'hui, elle demeurait la seule personne de ses amis de jadis qu'il continuât de fréquenter. Pour qu'elle ne s'imaginât pas que c'était pour l'épouser plus tard qu'il bouleversait son existence à ce point, il ne lui avait rien caché de ses pensées les plus secrètes. Elle jouait à la femme qui comprend les mobiles les plus obscurs des actes humains. Elle l'encouragea même dans la voie où il s'était engagé.

– Entrez, Charles, entrez. Vous êtes extraordinaire, Charles. Je ne vous vois pas pendant un mois, deux mois, et un beau soir, vous arrivez à minuit, sous la pluie, exténué. Qu'est-ce que vous avez donc fait toute la journée ?

– Je n'ai rien fait de particulier. J'ai écrit. Le temps était d'ailleurs très lourd.

– Vous n'êtes pas comme d'habitude, Charles. Qu'est-ce que vous avez ?

– Je vais vous le dire. Après le dîner, mes frères et ma sœur sont venus chez moi. Et vous savez que chaque fois que je les vois, c'est automatique, je tombe malade.

– Ah ! ils sont venus, dit Danièle subitement intéressée. Et qu'est-ce qu'ils vous voulaient ?

– Toujours la même chose.

– Avez-vous soif ? Désirez-vous une citronnade ? Fernande est couchée. Je vous la préparerai moi-même.

– Non, merci. Ce n'est pas la peine. Il est trop tard.

– Ils désiraient, je parie, vous ramener dans le droit chemin.

– Oh ! ne croyez pas cela ! Ils s'ennuyaient sans doute. Ils ont dû se dire : « Tiens, si on allait chez Charles. On va voir ce qu'il devient. » C'est beaucoup plus agréable de prendre de grands airs, de donner des conseils, de faire des reproches à un frère devenu fou que de rester toute une soirée à se regarder.

– Vous avez l'air ennuyé, Charles. Vous savez bien que cela n'a aucune importance. Vous agissez comme vous l'entendez. Personne ne peut vous en empêcher. Je vous comprends très bien, moi. Je vous admire même d'avoir eu la force d'agir selon votre conscience. Vous êtes libre, vous êtes indépendant. Quand vous recevez une visite comme celle de ce soir, soyez aimable pendant dix minutes.

– Non, Danièle. Il faut que je vous parle. Il y a quelque chose qui m'est désagréable en ce moment. J'ai le sentiment que je manque de volonté, de courage, que par faiblesse je ne romps pas complètement avec le passé. Il est inadmissible tout de même que mes frères puissent venir ainsi chez moi, me faire des reproches, partir convaincus de ma folie. Si quelques mois s'écoulent encore de cette façon, de mon acte je n'aurai plus que les inconvénients et aucun avantage. Il y a quinze mois que j'ai quitté ma famille, mes amis, par dégoût et par mépris. Je ne pouvais plus voir les hommes s'agiter pour des raisons intéressées. Je voulais être seul. Or, aujourd'hui, je m'aperçois que tout doucement ceux que j'avais quittés recommencent à jouer un rôle dans ma vie. Il y a un mois, Marc est venu seul. Il y a deux mois, c'était Edmond. Aujourd'hui, ils sont venus tous ensemble.

– Cela n'a aucune importance.

– Une très grande importance. Une si grande importance que désormais je ne les verrai plus jamais, ni eux, ni même vous, Danièle.

– Qu'est-ce que vous avez, Charles ?

– Ni même vous, Danièle. C'est pour vous le dire que je suis ici. Je continue à avoir beaucoup d'affection pour vous. Je n'oublie pas les heures de bonheur que vous m'avez données, mais il n'y a aucune raison pour que je continue à vous voir.

Lorsque Charles Benesteau rentra chez lui, il était près de trois heures du matin. À présent tout était clair dans son esprit. Il ferma les volets, s'allongea habillé sur son divan. Il revit Mme Charmes-Aicart le reconduisant à la porte, se défendant de la même manière contre le sommeil et la surprise. Avant de prendre un taxi, il avait fait quelques pas dans l'avenue Mozart. Il regarda le plafond, ce modeste plafond sans moulures, au centre duquel était fichée la tige du gaz. Il n'avait plus aucun lien avec le passé. Danièle elle-même était rayée. Il ne restait plus qu'à régler la question d'argent. « C'est malheureux, pensa-t-il, mais c'est ce qu'il y a de plus difficile. Si je donne ma fortune, à des pauvres, à des riches, peu importe, que je la laisse à mes frères, à ma femme, à mes enfants, ce qui serait parfaitement naturel, du moins aux yeux de tout le monde, je me trouverai, moi, en conséquence, sans rien. Cela ne fait pas l'ombre d'un doute. Mon raisonnement ne peut être plus logique. Supposons maintenant la chose faite. J'ai donné ma fortune. Je n'ai plus rien. J'habite rue de Vanves un petit appartement de trois pièces et une cuisine, d'un loyer annuel de quatorze cents francs charges comprises. Évidemment, ce n'est pas cher. Je peux demander au propriétaire une réduction et l'obtenir. Mais, si je n'ai rien, comment payer ? Il est vrai que je peux donner congé et prendre au lieu d'un appartement une seule chambre. On en trouve dans le quartier à cinq cents francs par an. C'est impossible puisque j'ai un bail. Il me reste la possibilité de prendre des pensionnaires, deux pensionnaires par exemple. Mais si je n'en trouve pas, comment vivrai-je ? Je n'ai qu'à travailler. Je n'ai qu'à chercher à gagner mille francs par mois. Je suis avocat. En me répandant dans le quartier, en m'adressant un peu partout, je dois trouver des clients, des gens qui ont besoin de conseils, d'assistance. »

L'aube déjà éclairait la chambre. Charles Benesteau n'avait pas encore pu dormir. Il réfléchissait à tous les détails de l'organisation de sa vie matérielle, à l'emploi qu'il ferait de sa fortune quand il n'en aurait plus besoin pour lui.

IV

« Je me souviens très bien que lorsque nous habitions Saint-Cloud, mon frère aîné était déjà un grand et beau jeune homme. Ma pauvre cousine Régine, qui devait mourir si tragiquement pendant la guerre, ne cachait pas les sentiments qu'il lui inspirait. Edmond était d'une taille un peu au-dessus de la moyenne, élancée. Il avait le visage beaucoup plus allongé qu'aujourd'hui. Une moustache naissante lui donnait une sorte de gravité. Mais ce qui plaisait surtout chez lui, c'était la grâce et l'aisance de ses manières. »

Charles Benesteau dut s'interrompre à ce dernier mot. On venait de frapper à la porte de l'appartement. « Pourvu que ce ne soit pas encore mes frères », murmura-t-il en se levant. Il ouvrit. Un petit homme qu'il n'avait jamais vu se tenait sur le palier. C'était un ouvrier endimanché, sans aucun doute. Il tenait son chapeau à la main.

– Je m'excuse, monsieur, dit-il en se dandinant par timidité, de vous déranger, mais j'ai appris que vous étiez avocat. Comme je suis votre voisin, j'ai pensé que peut-être vous pourriez me dire ce que je dois faire pour un divorce.

– Entrez, entrez, nous allons parler de cela dans mon bureau.

Le visiteur était de plus en plus embarrassé. À chaque pas qu'il faisait, il s'arrêtait comme s'il était indiscret.

– Comment vous appelez-vous ?

– Vincent.

– Vincent. Comment ?

– Vincent Sarrasini.

– Et qui vous a dit que j'étais avocat ? demanda Charles Benesteau, comme le commerçant qui a fait une annonce dans plusieurs journaux et qui prie les lecteurs de découper le bon-prime, afin de calculer ensuite quelle a été la meilleure publicité.

– Tout le monde le sait, monsieur.

Charles, au lendemain de la visite de ses frères, c'est-à-dire il y avait près d'une semaine, avait en effet déposé chez différents boutiquiers du quartier une carte sur laquelle il avait écrit en s'appliquant : Avocat donne consultations. Prix modiques. 102, rue de Vanves. Benesteau.

– Vous ne vous souvenez pas d'avoir lu une petite annonce quelque part ?

Le visiteur regarda Charles Benesteau avec étonnement.

– Mais on m'avait dit que monsieur avait beaucoup travaillé et que maintenant il s'était retiré. Si j'avais su…

– Qu'est-ce que vous auriez fait ?

– Je ne serais pas venu. Je pensais que vous alliez me dire ce que je voulais savoir, comme cela, simplement, en parlant, en voisin.

Charles haussa les épaules.

– Mais certainement, mon ami. Vous n'avez pas besoin d'avoir peur. Votre visite ne vous coûtera rien. Mais tout ce que je pourrai faire, ce sera de vous donner une marche à suivre. Je ne vais plus au Palais. Je ne plaide plus. Je ne veux plus avoir de rapport avec mes confrères ni avec les magistrats.

L'ouvrier rassuré expliqua alors son cas. Il s'était marié, il y avait une quinzaine d'années, à Marseille, avec une jeune fille de la ville. Il avait eu un enfant presque aussitôt. Après la guerre, ils étaient venus se fixer à Paris. Ah ! il regrettait le Midi, mais il fallait bien gagner sa vie, et on la gagnait mieux à Paris. Il avait été maçon. Maintenant, il était contremaître. Sa femme, de son côté, faisait des ménages. C'était là la cause de tous ses malheurs. Comme elle était encore jolie malgré ses quarante ans, les messieurs chez qui elle se rendait lui faisaient la cour. À l'un d'eux, un employé du métro, elle plut particulièrement. Vincent Sarrasini n'en eût jamais rien su s'il ne les avait rencontrés, un jour, tendrement enlacés. Il était rentré chez lui, sans dire un mot, et il s'était enfermé à double tour. Quand l'épouse infidèle était rentrée à son tour, elle avait eu la surprise de trouver la porte close. Elle avait frappé. Il était près de minuit. Le mari trompé et sa fille, Juliette, avaient les yeux grands ouverts, mais ils ne bougeaient pas. La femme continuait de frapper. À ce moment, Juliette n'y tint plus. Malgré son père qui lui tordait les poignets, elle cria : « Nous sommes là. » « Comment ! vous êtes là et vous n'ouvrez pas. Ah ! nous allons voir. » Hors d'elle, la femme était repartie, non sans avoir ameuté la maison, les passants. Puis elle s'était rendue au commissariat où elle avait raconté son histoire. Peu de temps après, un agent l'accompagnait rue de Vanves. Cette fois, Vincent Sarrasini ouvrit. Mais quand, sous le coup de la colère, il voulut mettre l'agent au courant de son infortune, l'épouse joua l'indignation et la stupeur. Comment, on osait l'accuser de tromper son mari, elle qui s'était sacrifiée pour lui. Pour que celui-ci eût l'audace de pareille accusation, c'était qu'il avait lui-même commis quelque faute. Elle porta la main à son front, comme si les ténèbres venaient de s'évanouir. Ah ! maintenant, elle comprenait tout, elle comprenait pourquoi son mari avait imaginé l'histoire de la rencontre, pourquoi il ne lui avait pas ouvert, pourquoi Juliette, finalement, avait crié qu'elle était là, derrière cette porte fermée à clef. Tout était clair. « Juliette, cria-t-elle devant le sergent de ville, dis la vérité, je t'en supplie, dis la vérité. Qu'est-ce que te voulait ton père ? Pourquoi avait-il fermé la porte à clef ! Pourquoi t'empêchait-il de m'appeler ? »

– Vous voulez divorcer mais votre femme, elle, ne veut pas, dit Charles Benesteau, en homme qui craint d'apprendre des choses trop laides.

– Oui. Elle prétend qu'elle m'a toujours été fidèle.

– Est-ce que vous voulez la preuve du contraire ?

– Je l'ai vue dans les bras d'un homme.

– Vous dites vous-même qu'elle affirme que ce n'est pas vrai.

– Elle n'avouera jamais. Elle a bien trop peur.

– Trop peur de quoi ?

– De moi. Tant qu'elle niera, elle sait très bien que je ne ferai rien, parce que je me demanderai toujours, bien que je sois certain de ce que j'ai vu, si je ne me trompe pas.

M. Benesteau avait écouté cette histoire lamentable avec indifférence, tant les protagonistes lui paraissaient peu intéressants. Il n'avait posé de questions que par bonté, pour donner l'illusion au visiteur qu'il s'intéressait à lui. Il leva brusquement la tête et regarda attentivement le contremaître. Petit, les épaules tombantes, il n'avait pas grande allure dans son costume de cheviote lie de vin, tout neuf, dont les manches avaient des plis aussi nets que ceux du pantalon, dans ses chaussures d'un jaune criard dont une partie était de cuir tressé.

– Si je vous comprends bien, dit Charles en le regardant dans les yeux, votre femme sait qu'elle est la plus forte parce que vous l'aimez. Elle feint d'avoir peur de vous. Elle crie. Elle vous accuse des pires choses. Mais tout cela est de la comédie. Elle est la plus forte. Et vous voulez divorcer ?

– Oui, mais à la condition que la charge de ma fille me soit confiée. Mon enfant, c'est le seul être au monde que j'aime.

– Eh ! bien, ce sera difficile, à moins que vous ne vous entendiez avec votre femme, qu'elle ne soit consentante. Si vous voulez, je peux aller la voir, lui parler.

Vincent Sarrasini baissa la tête, en signe d'acquiescement semblait-il.

– Où habitez-vous ?

– Au cent quatre.

– Quand vaut-il mieux que j'aille voir votre femme ?

– À onze heures et demie. Elle prépare le déjeuner. Elle est toujours là. Mais j'ai réfléchi. Je crois qu'il vaut mieux que vous ne la rencontriez pas. Elle entrerait, en vous voyant, dans une colère inimaginable. Comme elle ne peut rien contre moi, elle serait capable de s'en prendre à ma fille.

– Alors, résumons. Vous voulez divorcer ?

– Oui, monsieur.

– Eh ! bien, venez me revoir demain, à la même heure. J'aurai réfléchi à votre affaire et je vous dirai ce qu'il faut que vous fassiez.

Dès qu'il fut seul, Charles Benesteau songea longuement à la visite qu'il venait de recevoir. Le côté vulgaire de cette affaire, tout ce qu'elle laissait entrevoir de cris, de coups, de promiscuité, ne retint pas une seconde son attention. Comme le jour où, jeune avocat, une amie de son père, Mme Édouard Bungener, était venue lui parler d'une indélicatesse commise par son amant, il examina avec le plus grand sérieux le cas qui lui était soumis. « Ce pauvre homme, pensa-t-il, si je ne m'occupe pas de lui, ira chez un avocat dont il relèvera le nom dans un journal. On lui soutirera tout ce qu'il possède, l'affaire durera trois ans et il la perdra. » Un instant, Charles songea à plaider lui-même cette cause. Mais à la seule perspective de retourner au Palais, de revoir ses confrères, de se replonger dans sa vie passée, il eut un léger vertige. C'était impossible. D'autre part, il ne pouvait abandonner ce malheureux contremaître à son sort. Ce fut alors que la solution suivante se présenta à son esprit. Il irait voir un de ses anciens confrères. Il lui recommanderait chaudement Sarrasini. Cela durerait un quart d'heure. Ensuite, tout serait terminé.

Le lendemain matin, comme il l'avait décidé, il se rendit chez Me Albert Testat. De tous ses camarades de jadis, celui-ci était le plus sympathique. C'était celui qu'il était le moins désagréable à Charles de revoir. Ne s'était-il pas écrié, lorsqu'il avait appris l'étrange crise que traversait son confrère : « Comme je le comprends ! » Pourtant, Charles hésita longtemps à entrer. Durant plus d'une demi-heure, il se promena dans le quartier de l'Europe, où Me Testat habitait. Il lui répugnait sans qu'il sût dire pourquoi de faire cette visite. Il devinait déjà toutes les questions qui allaient lui être posées. Il se voyait déjà obligé de reprendre son masque, ce masque dont il s'était débarrassé avec tant de joie. Mais ne devait-il pas le faire pour ce pauvre contremaître ? Finalement, il sonna.

– Ah ! quelle surprise ! quelle bonne surprise, s'écria Albert Testat. Je croyais que vous vous étiez rayé du nombre des vivants. On m'avait raconté à votre sujet des choses tellement extraordinaires.

Albert Testat avait à peu près le même âge que Benesteau, mais il était chauve.

– Il ne faut rien exagérer.

– Je m'en doute. Mais racontez-moi ce qui vous est arrivé, exactement.

– Oh ! c'est trop compliqué. Je vous parlerai de cela une autre fois.

Charles n'avait pas cessé de sourire depuis qu'il était entré dans le cabinet de son camarade. Depuis qu'il avait quitté le boulevard de Clichy, il n'avait fait aucun achat de vêtements. Aussi son costume était-il usé et lustré, ses chaussures fatiguées. Jusqu'à ce jour, il n'y avait pas songé. À cet instant, en face de Testat, il s'en rendit compte. Mais au lieu de se troubler, il en éprouva une profonde satisfaction.

– Je suis venu vous voir, dit-il, au sujet d'un de mes voisins, un contremaître qui voudrait divorcer. Je n'ai pas voulu laisser ce brave homme aux prises avec des inconnus. J'aurais aimé que vous vous occupiez de son affaire, avec le même soin, avec la même conscience que s'il s'agissait d'une affaire appelée à un gros retentissement.

– Mais pourquoi ne vous en occupez-vous pas vous-même ?

– Parce que je n'exerce plus et que je n'exercerai plus jamais.

– Ah ! je croyais que vous vouliez seulement vous reposer, pendant un an.

– Je ne me repose pas.

– Qu'est-ce que vous faites ?

– Beaucoup de choses.

– Ce qu'on m'a dit est donc exact ? Je plaisantais tout à l'heure. Je répétais simplement ce que j'avais entendu dire, mais sans y croire.

– Je vous prie, ne parlons pas de cela.

– Quand même, c'est extraordinaire, si c'est vrai !

– C'est au contraire d'une simplicité enfantine.

– Vous appelez cela, simple, vous, de quitter sa famille, ses amis, sa situation pour vivre comme un misérable !

– Je vous en prie, ne parlons pas de cela. Parlons de mon voisin. C'est entendu, n'est-ce pas ? Je vous l'envoie.

Albert Testat, à qui il était désagréable de s'occuper d'une aussi piètre affaire, qui était de ces avocats qui ne défendent pas n'importe qui, répondit : « Mais c'est entendu, envoyez-le moi », par curiosité de connaître l'homme pour lequel son confrère se dérangeait.

– Je vous l'enverrai demain.

Charles Benesteau sortit. Il comprenait à présent nettement pourquoi il évitait avec tant de soin les gens qu'il avait connus : une distance immense le séparait d'eux. Pour eux ce qu'il avait fait était extraordinaire alors que pour lui, c'était si simple.

V

Comme le lui avait demandé Charles Benesteau, le contremaître revint le lendemain.

– Je me suis occupé de vous. J'ai été voir un de mes amis. Il vous attend. Vous n'aurez qu'à lui expliquer exactement votre situation et vous en remettre à lui.

Ces paroles parurent ne faire aucun plaisir à Vincent Sarrasini.

– Voici le nom et l'adresse de l'avocat chez qui je vous envoie. Albert Testat, quarante, rue de Londres. C'est derrière la gare Saint-Lazare.

Le visage du contremaître ne s'éclaira pas davantage. Vincent Sarrasini tournait sa casquette dans ses mains. Ce deuxième jour, il ne s'était pas endimanché. Il n'osait lever les yeux. Il avait cette attitude qu'on prête aux jeunes amoureux.

– Avez-vous entendu ce que j'ai dit ?

Il continua de garder le silence. Cependant ses mains remuaient plus nerveusement. Sa tête était tellement baissée qu'on ne voyait même plus son visage.

– Qu'est-ce qui se passe ? Vous avez changé d'avis ? Vous ne voulez plus divorcer ? Dites-le. Cela n'a absolument aucune importance pour moi.

Sarrasini se redressa.

– Si, je veux divorcer, dit-il. Mais j'ai cru que vous ne vous occuperiez pas de moi et…

– Je n'agis pas de cette façon. Du moment que je vous ai promis de m'occuper de vous et que je vous ai demandé de revenir, c'est que j'ai l'intention de faire quelque chose.

– Oh ! merci… je ne savais pas.

– Évidemment, vous ne me connaissez pas.

– Alors, j'ai été chez un avocat, boulevard Sébastopol, un très bon avocat d'ailleurs… c'est celui de mon patron.

– Comment s'appelle-t-il ?

– Arton ou Artaud.

– C'est parfait. Je ne connais pas cet avocat mais puisque votre patron vous l'a recommandé, il n'y a pas de raison qu'il soit plus mauvais qu'un autre.

– Oh ! je ne crois pas. Le vôtre est certainement meilleur.

– Allez le voir dans ce cas. Enfin, faites ce que vous voulez. Je ne peux pas vous donner de conseils.

Vincent Sarrasini était toujours aussi embarrassé.

– Je suis obligé, continua-t-il, de prendre cet avocat-là à cause de mon patron. Et cela me coûte cher. Je lui ai déjà donné hier trois cents francs. Il faut que je lui en donne douze cents aujourd'hui. Et je ne les ai pas.

– Pourquoi ne voulez-vous pas allez chez celui que je vous indique ? Il ne vous demandera rien.

– Non, il faut que j'aille chez le mien. Justement je voulais vous demander si vous ne pouviez pas me prêter ces douze cents francs.

Charles Benesteau soupçonna tout de suite la réputation qu'on lui avait faite dans le quartier. Il s'était installé rue de Vanves par hasard, sans se soucier de personne, convaincu, à cause du dépaysement, qu'il était comme perdu dans une foule immense, et déjà, on avait remarqué qu'il était une proie facile. Sarrasini, timidement, jetait la première amorce. C'était lui l'audacieux de la rue, lui, sans doute, qui prenait toujours la tête.

– Je vais vous prêter douze cents francs, si cela peut vous rendre service. Je ne demande pas mieux. Il faillit ajouter : « Vous auriez pu me dire hier ce que vous vouliez, au lieu de me faire perdre mon temps », mais il ne le fit pas parce qu'il trouvait cela inutile.

*

* *

Le soir de ce même jour, il écrivit quelques pages sur un de ses camarades de lycée, un certain Louis Geoffroy, qui avait été tué aux Éparges. Puis il écouta la T.S.F. des voisins. Il ne se sentait pas très bien. Il éprouvait une sorte d'oppression, de difficulté à respirer, comme si, le lendemain matin, une démarche pénible l'attendait. Il regrettait d'avoir fait répandre le bruit qu'il donnait des consultations. Ç'eût été naturel s'il avait été un vieil homme de loi retors. Mais, négligent comme il l'était, ne serait-il pas plus nuisible qu'utile à ses clients ? On ne s'improvise pas avocat de quartier. Il aurait dû réfléchir avant de se lancer dans cette voie. M. Benesteau était d'autant plus peiné de son erreur qu'il semblait en découler qu'il en avait commis une autre en rompant avec sa famille. Ne pouvait-on pas déduire de ses actes qu'il manquait complètement de discernement ?

– Monsieur, monsieur, ouvrez, ouvrez vite.

Il se leva. Qui appelait ? D'autres voix retentissaient dans l'escalier. Des gens couraient, criaient. Il ouvrit la porte. Le concierge et deux femmes se tenaient sur le palier. Une troisième, penchée par-dessus la rampe, criait à des gens qu'on ne voyait pas : « Dites qu'on attende. Nous descendons. »

– Qu'est-ce qui se passe ? demanda Charles Benesteau.

– Venez, venez vite. Il vous attend, dit d'un trait une des commères.

– Qui ?

– Sarrasini. On est venu l'arrêter. Sa femme est dans le coma. Il l'a assommée.

– Le contremaître ?

– Ivre, vous m'entendez, il est ivre. Il faut que vous veniez. Il vous supplie de venir… on va l'arrêter.

– S'il a tué sa femme, on l'arrêtera de toute façon.

– Oui, mais si vous êtes là, les choses se feront régulièrement. C'est tout ce qu'il demande. D'ailleurs, c'est votre client. Vous vous êtes déjà occupé de lui.

Charles prit son chapeau, ferma sa porte derrière lui, descendit les quatre étages, précédé de ceux qui étaient venus le chercher. La loge était pleine de locataires, de voisins. Tout le monde se retourna pour le regarder passer. Devant la maison, sur le trottoir, il y avait un attroupement que deux agents cyclistes essayaient de disperser. À la vue de M. Benesteau, leurs efforts redoublèrent.

– Laissez passer, laissez passer, crièrent-ils.

Le nº 104 de la rue de Vanves n'avait pas meilleur aspect que le 102. C'était également une vieille bâtisse. En passant devant la blanchisserie du rez-de-chaussée, Charles remarqua avec étonnement que son propre linge y était exposé. Il pénétra dans l'immeuble, suivit le long et étroit couloir qui conduisait à la cour. Au milieu d'une vingtaine de personnes, on apercevait les uniformes de quatre ou cinq agents.

– Accompagnez-nous, monsieur, dit une des femmes qui étaient venues chercher Charles.

Comme un sergent de ville lui barrait la route, elle cria :

– Vous n'avez pas le droit de nous empêcher de passer. Monsieur est l'avocat de Sarrasini.

Il y avait au fond de la cour un petit pavillon délabré. Le premier étage avait été loué à la famille Sarrasini. Dans une des deux chambres, Hélène Sarrasini était étendue sur une paillasse. Elle gémissait. C'était une femme brune, aux yeux noirs, qui avait dû être très jolie. Sa fille était agenouillée à côté d'elle. Elle criait pour demander du secours, mais personne ne bougeait. Plus loin, dans la pièce voisine, deux agents et trois ou quatre inspecteurs essayaient de faire parler Vincent. Bien qu'il eût les menottes, il essayait de frapper les policiers tout en poussant des hurlements.

– Il est là, fit une des femmes à Charles Benesteau.

Celui-ci entra dans la pièce, s'approcha de Sarrasini.

Mais Vincent ne reconnut pas l'avocat. Il fallut deux hommes pour l'empêcher de se jeter sur celui-ci. Le secrétaire du commissaire s'approcha du nouveau venu.

– Vous connaissez Sarrasini ? demanda-t-il.

– Je ne suis pas son avocat. J'ai eu simplement l'occasion de le recommander à un de mes confrères, ce qui a été inutile d'ailleurs.

À ce moment des cris montèrent de la cour. C'était des infirmiers qui venaient chercher la victime. Il y eut une scène émouvante. La fille des Sarrasini ne voulut pas laisser partir sa mère. Il fallut la conduire presque de force dans la loge de la concierge, la coucher dans l'alcôve pour qu'elle ne vît pas passer la civière. Peu après, on emmenait Sarrasini, ou plutôt on le portait. Ce petit homme d'apparence chétive était doué d'une force extraordinaire. Il avait beau avoir les menottes, être tenu par quatre policiers, on le voyait parfois se détacher du groupe. Au moment d'être poussé dans une voiture, il réussit à attraper le pare-chocs avant. Cinq longues minutes furent nécessaires pour lui faire lâcher prise.

– C'est épouvantable, dit Charles. Il a agi dans un moment de folie. Je l'ai vu hier. Il était très calme. On le sentait évidemment désireux de se séparer de sa femme, mais de là à l'assommer à coups de bouteille…

– Vous devriez dire cela au commissaire.

– Je vais y aller. C'est bien rue de la Gaieté ?

Dix minutes plus tard, Charles avait une courte conversation avec le commissaire qu'on avait été chercher pour l'occasion.

– Je ne sais pas grand-chose de l'affaire, dit M. Benesteau. Tout ce que je vous demanderai pour le moment, c'est que les choses se passent comme elles doivent se passer. Demain matin, j'écrirai ou je téléphonerai à son avocat, car comme je l'ai dit à votre secrétaire, Sarrasini voulait divorcer, ayant surpris sa femme avec un amant. Cet avocat, c'est maître Arton, je crois.

– Artaud ?

– Oui, Artaud. Vous avez raison.

Et en partant, comme le commissaire le raccompagnait, il ajouta :

– Ce sont de pauvres gens. Ils vivent au fond d'une cour sordide, sans air, sans lumière, sans eau. Cela ne devrait pas être permis.

En sortant du commissariat, au lieu de remonter la rue de la Gaieté, Charles la descendit. Quoiqu'il n'en parût rien, ce qu'il venait de voir l'avait bouleversé. Il avait envie de marcher, d'attendre surtout, avant de rentrer, que toute l'agitation que ce drame avait créée fût passée. Il se rendit dans un grand café voisin de la gare Montparnasse. En regardant les passants, il réfléchit longuement à ce qui venait d'arriver. Ce qui le frappait le plus, c'était cette sauvagerie qui émanait non seulement de celui qu'on avait arrêté, mais de la victime, des agents, des voisins, du commissaire de police. Ce crime en avait permis cent autres. Personne n'avait plus songé à cacher ses pensées les plus laides. Il revoyait sans cesse le regard d'un locataire qu'il avait surpris en arrivant dans la cour, regard où brillait la joie d'assister à un drame sans en être un des acteurs.

À minuit l'orchestre féminin rangea ses instruments. Charles se leva, rentra. La rue de Vanves était silencieuse. Il n'y avait plus d'attroupement devant le 102 et le 104. D'habitude le gaz était fermé à dix heures. Ce soir-là, il était ouvert. M. Benesteau s'en réjouit. Il monta lentement l'escalier. Avant d'atteindre le troisième étage, il remarqua qu'une porte était ouverte et qu'il y avait de la lumière.

– Monsieur, s'il vous plaît.

Il se retourna. Un homme, qui l'avait attendu sans doute, se trouvait sur le palier. Pour se donner une contenance, il avait un seau. C'était un vieillard à cheveux blancs. Il avait une chemise kaki, une ceinture d'alpaga, à boutons de nacre. Ce qui frappait surtout, c'était la grosseur des veines, aussi bien celles du cou que des mains.

– Vous rentrez ?

– Oui, je rentre, dit Charles en s'arrêtant. Il avait deviné que ce vieillard l'avait guetté toute la soirée.

– Quand même, quelle histoire, n'est-ce pas, monsieur ?

– C'est très pénible.

– Vous connaissiez sans doute très bien ces gens ? J'ai remarqué qu'on vous a laissé monter dans le pavillon.

– Je ne les connaissais pas intimement, je vous dirai.

– On m'a dit aussi, monsieur, que vous étiez avocat.

– Je ne le suis plus.

– Vous avez fait mettre des annonces, pourtant.

– Oui, mais je vais les retirer.

Le vieillard posa le seau à ses pieds. On devinait qu'il voulait faire durer l'entretien.

– Vous m'excuserez si je vous pose ces questions.

– Certainement.

– C'est parce qu'on voit bien que monsieur n'est pas un locataire habituel.

– Vous vous trompez. Je suis un locataire comme tout le monde.

– Oh ! non, monsieur.

Le vieillard ramassa son seau et M. Benesteau en profita pour rentrer chez lui.

VI

Il était huit heures du matin lorsque Charles s'éveilla. Tout de suite le drame de la veille lui revint à l'esprit. Ce qu'il se rappelait surtout, c'était l'attitude des voisins, des agents, leur feinte indignation, leur curiosité. Tout ce monde, à part les agents peut-être, n'avait jamais été à pareille fête. Chacun avait eu son petit fait à signaler. Oh ! il n'était pas dans le caractère de Charles Benesteau de s'apitoyer sur un individu comme Vincent Sarrasini. Mais, tout de même, dans l'acharnement de tous contre cet homme, il y avait autre chose que de l'indignation.

Charles s'habilla. Il avait pour habitude, quand il faisait beau, d'aller s'asseoir au Luxembourg. Il y restait jusque vers onze heures. Puis il allait faire ses achats pour le déjeuner qu'il préparait lui-même. Cette vie n'avait rien de bien gai, mais elle lui plaisait. Personne ne pouvait en rompre l'ordonnance. Les petits travaux matériels qui la coupaient le distrayaient. Quant à la solitude dans laquelle il vivait et qui pour un autre eût été intolérable, elle était son plus grand bonheur. Après tant d'années passées au milieu de tant de gens, elle lui faisait découvrir chaque jour plus clairement sa vraie voie, celle qu'il eût dû suivre dès sa jeunesse. Depuis quelques semaines déjà, il caressait un grand projet, celui de donner à ses souvenirs un sens beaucoup plus général. Qu'importait après tout que son frère Edmond eût été un beau garçon avant la guerre !

Dix heures sonnaient quand il sortit de chez lui. La porte du coulcir qui donnait sur la rue était fermée. Il s'apprêtait à l'ouvrir lorsqu'il entendit la fenêtre de la loge s'ouvrir, puis la voix de la concierge lui dire :

– Monsieur, voulez-vous venir un instant. J'ai à vous parler.

Il entra dans la loge. C'était une pièce encombrée de meubles au point qu'on ne pouvait s'y mouvoir. À la fenêtre qui donnait sur la cour, il y avait une cage dans laquelle volait un canari. Sur une malle, un chat était assis. Chaque fois qu'il levait les yeux sur la cage, la concierge lui donnait un coup. Elle voulait le dresser à ne pas manger d'oiseaux.

– Excusez-moi, monsieur, de vous avoir arrêté au passage mais on m'a demandé de vous demander…

Elle s'interrompit pour rire de sa propre façon de parler. C'était une grosse femme, rougeaude, dont la bouche aux coins tombants donnait au visage une expression amère assez surprenante.

– De me demander quoi ?

– Ce que vous pensez des conséquences du drame.

– Je ne pense rien ou plutôt je pense que c'est très malheureux.

– C'est très malheureux. C'est justement cela.

– Enfin, d'après ce qu'on m'a dit la femme n'a pas été gravement atteinte. On craignait une fracture du crâne. Hier soir on a téléphoné de l'hôpital au commissariat. Il n'y a pas de fracture.

– Ce qu'il y a de plus triste dans cette histoire, c'est le sort de l'enfant. Qu'est-ce qu'elle va devenir, cette pauvre petite ? La loge de M. Serrurier touche la mienne. Il n'y a que ce mur qui les sépare. Eh ! bien, toute la nuit, je l'ai entendue gémir, la malheureuse. Cela me fendait le cœur. Mon mari, lui, c'est un homme. Il s'est habillé et il est parti. J'ai pensé, monsieur, que vous, vous auriez plus de cœur, que vous iriez voir un peu ce qui se passe à côté. Je suis certaine que si une personnalité comme vous le désirait, elle pourrait faire quelque chose. Vous avez été si bon pour le père. Quand je pense que sans le connaître, vous lui avez prêté de l'argent…

– Il vous l'a dit.

– Il en était trop fier pour ne pas le dire. Il l'a raconté à tout le monde.

La concierge prononça ces derniers mots avec une expression curieuse.

– Je me permettrai, continua-t-elle, de faire remarquer à monsieur qu'il a été trop généreux. Si monsieur m'en avait parlé avant, je l'aurais prévenu. Tout le monde sait que Sarrasini n'a jamais travaillé. S'il a été vous trouver, c'est parce qu'il savait que vous ne connaissiez personne dans le quartier.

Charles Benesteau sourit. Il songeait à une pièce qu'il avait vue avant la guerre au cours de vacances qu'il avait passées en Allemagne, pièce qui l'avait beaucoup frappé. C'était l'histoire d'un châtelain qui avait fait le vœu de donner tout ce qu'on lui demanderait et qui, au lieu d'être ruiné, voyait sa fortune doubler. Pourquoi, au lieu d'être jalouse de ce qu'il avait donné à Sarrasini, ne lui demandait-elle pas également quelque chose, cette brave concierge ?

Quelques instants plus tard, Charles pénétrait dans la loge voisine.

– Chut, elle dort, dit une vieille femme qui marchait en s'aidant de deux cannes. « Elle dort, là, derrière le rideau. »

« Comment a-t-on deviné, pensa Charles, que je viens au sujet de la petite ? » Il s'approcha de l'alcôve, écarta le rideau. Un spectacle extraordinaire se présenta alors à ses yeux. Dans le renfoncement sans air, sur un lit qui était un fouillis inextricable, un homme de soixante-dix ans était assis. Sa gorge était entourée d'un foulard, et comme bonnet de nuit il portait un bas de sa femme dont la pointe tombait jusqu'à ses cuisses. Pour tout vêtement, il n'avait qu'une chemise. On apercevait ses jambes nues, maigres, sans formes, comme du bois mort, qui pendaient devant lui. Sans qu'on en expliquât la raison, un mouchoir était noué autour de son mollet gauche. Il y avait au moins huit jours que ce vieillard ne s'était pas rasé. Ce tableau n'eût été que grotesque si, dans le même lit, entourée des mêmes couvertures rapiécées, une jeune fille charmante n'avait pas reposé.

– Ne faites pas de bruit, dit le vieillard qui n'avait plus une seule dent et dont le nez touchait presque le menton. « Elle s'est endormie il y a à peine une heure. »

Le concierge se laissa glisser à terre. Ce saut de quinze centimètres lui fit perdre l'équilibre. Charles le prit par le bras juste à temps. Mais le vieillard se dégagea aussitôt, non sans mécontentement.

– Julie.

La femme aux deux cannes s'approcha de lui.

– Pousse la chaise là, dit-il en désignant d'un bras tremblant le siège sur lequel on posait l'édredon quand il faisait trop chaud.

Charles voulut lui rendre ce service mais le vieux concierge le retint en le prenant non par le bras, non par la main, mais par un seul doigt.

– Ne faites pas de bruit, répéta-t-il.

Lorsque sa femme qui, pour prendre la chaise, avait dû mettre les deux cannes dans la même main, se fut retirée, il s'assit avec beaucoup de précautions car ses jambes étaient si faibles que chaque fois qu'il s'asseyait elles le trahissaient au dernier moment.

Charles ne quittait pas des yeux la fille des Sarrasini. Elle n'était pas belle mais elle était si jeune, si fraîche au milieu de cette loge immonde. Ses paupières étaient baissées ; et les cils, comme posés sur le cerne à peine foncé des yeux. Les dents qu'on apercevait entre les lèvres n'étaient pas jolies, ni soignées. Les cheveux étaient en désordre. Les larmes avaient laissé des traînées sur les joues. Mais c'était une enfant de treize ans.

Quand le concierge fut habillé, tout le monde revint dans la loge.

– Qu'est-ce que nous allons en faire ? dit la vieille femme en ouvrant la fenêtre.

– Tu ouvres déjà ? Laisse-moi boire mon café d'abord.

– Il n'y a pas assez d'air ici, pour trois personnes, répondit la concierge. Justement, je voulais vous parler, monsieur. Je suis contente que vous soyez venu. Je suis trop vieille pour monter quatre étages, sans quoi j'aurais été vous voir. On vous a fait la commission ?

– Qui ?

– Madame Bichat. J'ai dit à madame Bichat d'aller vous voir. Elle n'y a pas été, naturellement. Les gens sont tellement méchants, tellement jaloux.

– On n'est pas jaloux de moi, j'espère ? fit Charles.

– Ah ! vous ne savez pas, monsieur. Vous ne pouvez même pas vous douter de ce qu'on dit. C'est inimaginable. C'est à vous faire dresser les cheveux sur la tête.

– Tu peux ouvrir maintenant la fenêtre, dit le concierge qui venait de terminer son bol de café.

Charles voulut le faire mais il en fut de nouveau empêché. Ces concierges avaient une si haute idée de l'hospitalité que malgré leur grand âge ils n'eussent voulu pour rien au monde que leur hôte se dérangeât. Il le sentit et n'insista pas. Il eut même durant un instant l'impression qu'il avait peut-être froissé ces braves gens en s'offrant de les aider.

– Qu'est-ce qu'on dit ? demanda M. Benesteau quoiqu'il crût n'avoir pas la moindre curiosité pour de pareils racontars.

– On ne dit que des choses fausses.

– Ne parlons plus de cela, reprit Charles un peu gêné d'avoir pu poser une pareille question.

– Vous avez raison. Vous êtes jeune. Vous devez mépriser tout cela. Heureusement madame Bichat n'a pas pu vous empêcher de venir de vous-même.

– C'est votre collègue, la concierge de ma maison, qui m'a demandé d'aller vous voir.

– Eh ! bien, c'est justement madame Bichat. Pourquoi dites-vous qu'elle ne vous a pas prévenu ?

– Je ne dis pas cela. Je dis qu'elle n'est pas montée me prévenir chez moi.

– Ah ! bon. Elle ne vous a pas prévenu.

– Si, mais seulement lorsque j'ai passé devant sa loge. C'est pourquoi vous me voyez ici. Il est tard. Il faut que je m'en aille. Dites-moi tout de suite de quoi il s'agit.

– Nous avons pensé, dit la concierge, que vous pourriez peut-être faire quelque chose pour cette petite. Elle ne veut pas retourner chez elle. Elle n'a pas d'argent. Sa mère est à l'hôpital ; son père, en prison. Mon mari et moi nous l'aurions bien gardée si nous avions eu de la place. Mais, vous vous en rendez compte vous-même, nous sommes trop à l'étroit. J'ai dû passer la nuit dans le fauteuil pour laisser le lit à la petite et à mon mari.

– Ne connaissez-vous personne dans la maison qui se chargerait de l'enfant pendant quelques jours ? La mère ne va certainement pas tarder à rentrer. C'est l'affaire de deux semaines au plus.

– Il n'y a personne, monsieur. Mais vous, mais vous, monsieur…

– Je ne demande pas mieux. Dans ce cas, il faudrait que quelqu'un couchât chez moi, une bonne ménagère qui ferait la cuisine. Il me faudrait une personne dans le genre de madame Bichat. Seul, je ne saurais pas m'occuper d'une enfant. Et je veux qu'elle soit heureuse, qu'elle ne manque de rien.

– Oh ! monsieur, vous avez bien raison.

– Il y a encore une condition que j'ai oubliée et à laquelle j'attache plus d'importance qu'aux autres : c'est que cette petite accepte de venir chez moi. Je ne la forcerai pas.

– Réveille-la, dit la concierge à son mari.

M. Benesteau s'interposa. Il fallait la laisser dormir. Il avait quelques courses à faire. On reparlerait de tout cela après le déjeuner. On avait le temps.

Ce ne fut que vers quatre heures de l'après-midi que Charles retourna chez les concierges. Ils avaient dû déjeuner très tard car ils étaient encore à table. Juliette Sarrasini était assise entre eux, la tête basse. Près de la fenêtre ouverte, une dame coiffée d'un chapeau noir, tenant un sac tout neuf dans ses mains, ayant l'air, comme on dit, très comme il faut, semblait attendre quelque chose. Lorsque M. Benesteau parut, elle se leva aussitôt. Elle avait en un mot l'aspect d'une domestique qui se présente.

– Entrez, monsieur. Nous vous attendions, dit la concierge. J'ai justement vu madame Chevasse ce matin, un peu après votre départ, et je lui ai parlé de ce que vous m'aviez dit. Cela l'intéresse.

Cette dame s'était avancée et en personne qui a affronté plusieurs centaines de fois ce premier regard qui doit tout décider, elle se tenait très droite, les yeux levés, comme si elle posait. Charles ne la regarda même pas. C'était l'enfant qui l'intéressait. Il essayait de surprendre son regard, mais en vain. Elle gardait la tête baissée et semblait indifférente à tout ce qui l'entourait.

– Voyons, ma petite, qu'est-ce qu'il y a ? Tu sais bien que tout va s'arranger. J'ai des nouvelles de ta mère. Elle va rentrer ces jours-ci. Quant à ton père, il sera de retour également dans très peu de temps.

Bien que ces paroles eussent été dites avec beaucoup de douceur, Juliette ne parut même pas les entendre.

– C'est la réaction, sans doute, dit Mme Chevasse. À cet âge-là, on est si sensible ! Cela a dû être un coup terrible pour cette malheureuse. Mais ne vous inquiétez pas, monsieur, j'ai trop souffert moi-même pour ne pas comprendre la souffrance des autres.

– Voyons, ma petite, lève la tête. Regarde-moi. Tu ne me reconnais pas ?

Juliette ne bougeait toujours pas.

– J'avais dix-huit ans, à peine quelques années de plus que cette petite, continua Mme Chevasse, lorsque mon premier mari est mort. Il a été tué par un uhlan, je l'ai su par des camarades à lui, huit jours après la déclaration de la guerre. Il me laissait veuve avec deux enfants. Vous voyez, vous n'avez pas affaire à quelqu'un de novice. Ce que j'ai enduré, je ne peux pas vous le dire, monsieur. Cela ne se raconte pas. Il faut avoir passé par là pour comprendre. Heureusement que les hommes savent ce que c'est que l'amitié. La section où mon mari a été tué s'est cotisée pour moi. Ils m'ont envoyé pendant un an des lettres que j'ai gardées et que je vous montrerai, qui sont déchirantes. On n'a plus ces grands sentiments aujourd'hui. C'est pour cela que, quand madame la concierge, excusez-moi, madame, je ne sais pas votre nom, m'a dit tout ce qui s'était passé au sujet de la petite et surtout quand elle m'a parlé de vous, monsieur, cela m'a fait quelque chose. Je me suis sentie quinze ans plus jeune. Au fond, toutes les époques sont pareilles. Il y a eu et il y aura toujours des gens qui ont du cœur.

M. Benesteau avait écouté ce petit discours en feignant une grande attention, mais sans cesser de regarder cette enfant qu'il se proposait d'héberger et dont il n'avait jamais rencontré le regard.

– Voyons, regarde monsieur, dit Mme Chevasse comme si Juliette était sa fille, alors que c'était la première fois de sa vie qu'elle la voyait.

Charles lui fit signe de laisser cette enfant en paix. Le ton de Mme Chevasse lui avait été profondément désagréable. Il y avait senti le désir de faire comprendre à Juliette que son intérêt était d'être aimable.

– Est-ce que cela t'ennuie tellement de venir habiter chez moi ? Tu ne seras pas malheureuse. Et puis, cela ne sera que pour très peu de temps. Ta maman va rentrer et tu retourneras avec elle.

– Réponds, fit à ce moment Mme Chevasse.

La concierge se leva, fit le tour de la table, prit l'enfant par le cou, l'obligea à lever la tête, à regarder Charles, « le monsieur qui te veut du bien », comme elle disait. Pour se débarrasser de cette étreinte, Juliette obéit. Elle posa un instant ses yeux bleus sur M. Benesteau. Ce fut suffisant pour qu'il comprît combien elle était malheureuse. Elle n'avait plus le regard de la jeunesse. C'était celui d'un être qui s'est déjà défendu, qui a lutté, auquel les difficultés de la vie ont donné une vivacité sournoise.

– Tu veux bien me suivre, n'est-ce pas ?

Elle baissa la tête en signe d'acquiescement. On devinait que cela lui était égal mais que, malgré sa douleur, elle percevait confusément que l'intérêt des gens qui l'entouraient, comme le sien, était d'accepter. Elle acceptait donc, sans même se rendre compte de quoi il s'agissait exactement.

– Et vous, madame, demanda Charles à Mme Chevasse, est-ce que cela ne vous sera pas trop désagréable d'entrer à mon service ?

– Oh ! monsieur, au contraire. Je n’ai vécu que pour les autres.

– Eh ! bien, dans ce cas, si vous le voulez bien, nous allons monter ensemble chez moi. Nous verrons comment nous pourrons nous organiser. Il ne faut pas perdre de vue que mon appartement n’a que trois pièces.

– C’est déjà convenable, monsieur.

– Nous reviendrons ensuite chercher l’enfant. Je crois qu’avec de la bonne volonté, tout ira pour le mieux.

VII

Le soir même, Juliette Sarrasini et Mme Chevasse s'installaient chez M. Benesteau. Deux portes furent condamnées. Chacun avait son indépendance. L'entrée seule était commune. Il y avait des années que Mme Chevasse n'avait pas été aussi agitée. En deux heures, elle avait bien fait la navette une quarantaine de fois entre l'appartement de M. Benesteau et le sien, situé également au quatrième étage, mais de la maison voisine. Elle avait transporté ce qu'elle appelait fièrement ses « effets personnels ». À chaque voyage, elle s'était aperçue qu'elle avait oublié quelque chose. Des amies avaient voulu l'aider. Elle avait refusé. Pendant ce temps, Juliette Sarrasini était restée assise dans la loge obscure, sans dire un mot. Les concierges, lassés, l'avaient oubliée. Un chaud soleil était répandu sur les façades lépreuses. Renvoyé par les vitres et les glaces, il arrivait parfois, on ne sait comment, jusqu'à la loge qu'il égayait quelques secondes. Quant à Charles, il avait assisté à tout ce remue-ménage avec le plus grand calme. Au commencement il avait bien essayé de calmer Mme Chevasse, de lui faire comprendre qu'il ne s'agissait de rien d'extraordinaire. Mais il avait bien vite compris qu'il perdait son temps.

Il était huit heures quand tous trois se réunirent dans la cuisine pour dîner.

– Comment, vous ne vous êtes pas lavé les mains ? dit Mme Chevasse à Juliette. Voulez-vous bien vite le faire et surtout que je n'aie plus à vous le redire.

« Cette femme est odieuse », pensa M. Benesteau qui devait, depuis longtemps, se contenir pour ne pas montrer son antipathie.

L'enfant, lorsqu'elle revint, ne voulut rien prendre. Elle avait exactement la même attitude que dans la loge. La tête basse, elle ne regardait personne et quand on lui parlait elle ne semblait pas entendre.

– Cela se passera, dit Mme Chevasse, sur un ton de coupable, comme si elle était responsable des lubies de Juliette.

Charles Benesteau plia sa serviette. La demi-heure qu'il venait de passer en compagnie de Juliette et de Mme Chevasse l'avait abattu. Il se leva, fit quelques recommandations qui furent accueillies par des : « J'avais compris, c'était inutile de me le dire, ce n'est pas la première fois, etc… » En passant devant la loge, il s'entendit interpeller.

– Un télégramme pour vous, monsieur Benesteau.

Il l'ouvrit et lut : « Jacques appendicite, voudrions te voir plus vite possible. Alberte. »

– Il y a longtemps que ce télégramme est arrivé ?

– Oh ! oui, excusez-moi monsieur, depuis quatre heures. Avec toutes ces histoires, je n'ai pas pensé à vous le donner.

Charles ne répondit pas. Pour la première fois depuis qu'il habitait cette maison, il montra du mécontentement. Il venait de lui apparaître que cet oubli avait été volontaire, qu'au moment où un événement aussi passionnant que l'hébergement de la petite Juliette, flanquée de Mme Chevasse, avait lieu, on avait craint que ce télégramme ne l'obligeât à revenir sur sa décision. On avait donc attendu l'emménagement pour le lui donner. C'était ridicule. Il ne faisait tout de même rien de si extraordinaire en venant en aide à une pauvre fille dont les parents étaient en prison et à l'hôpital. Mais il se calma presque aussitôt. C'était sa faute à lui. Il aurait dû comprendre que les petites gens au milieu desquels il vivait, n'étaient guère différents du monde qu'il avait quitté. En rompant avec le passé, il s'était imaginé qu'aucun de ses gestes aurait de conséquences, qu'il serait libre, qu'il n'avait plus jamais de comptes à rendre. Or, il s'apercevait à présent qu'il lui était impossible de ne pas se singulariser, où qu'il se trouvât. Chacun de ses actes continuait d'être l'objet d'un examen. Pourtant on ne pouvait rechercher l'effacement plus qu'il ne le faisait. Il revint sur ses pas.

– Madame Bichat, dit-il, je vous remercie.

– Oh ! monsieur, c'est la moindre des choses.

– J'ai eu peur sur le moment et je suis parti sans vous remercier. Excusez-moi.

Quelques instants plus tard, il prenait un taxi et se faisait conduire boulevard de Clichy. S'il avait revu plusieurs fois ses frères et sa sœur, il y avait presque un an qu'il n'avait pas revu Alberte. Ce fut pourtant sans émotion qu'il sonna. Un valet de chambre qu'il ne connaissait pas, Alberte ayant renvoyé tout le monde au lendemain du départ de son mari, lui ouvrit avec méfiance, personne ne venant jamais après neuf heures. Peu après, il était introduit dans son propre cabinet de travail. Pendant les minutes qu'il attendit, il eut le loisir de constater que si personne n'avait touché à la bibliothèque ni aux meubles, ni même aux petits objets de bureau, cela n'avait pas été par égard pour le maître, mais bien par indifférence.

Soudain la porte s'ouvrit et Alberte parut. C'était une grande femme blonde, très pâle, très belle quoique ses paupières eussent quelque chose de précocement flétri. Elle se tenait un peu voûtée, mais avec beaucoup de charme. À la vue de son ex-mari, elle sourit.

– Comment se fait-il que tu viennes à cette heure-ci ? lui dit-elle comme si elle l'avait vu la veille. « J'allais me coucher. Si Jean n'avait pas été là, personne ne t'aurait ouvert. »

– On m'a remis ton télégramme tout à l'heure. Est-ce que Jacques est ici ?

– Il est à la clinique. On ne l'a pas opéré encore. Tu sais bien qu'on attend plusieurs jours avant d'opérer.

– Ah ! j'aime mieux cela. D'après ton télégramme, j'avais l'impression qu'on allait l'opérer d'urgence, à chaud, ce qui est toujours ennuyeux.

– J'ai mis dans le télégramme : Jacques appendicite, voudrions te voir plus vite possible. Cela veut dire que lui et moi, nous voulons te voir. Par conséquent, s'il a un tel désir, c'est qu'il n'est pas si mal que cela. N'est-ce pas ?

M. Benesteau était resté debout.

– Mais assieds-toi, Charles. Si Jean est encore là, je vais te faire apporter une citronnade, à moins que tu ne préfères du whisky.

– C'est ça, un whisky.

– Il n'est pas là, dit peu après Alberte, mais voilà la bouteille. Je vais t'apporter un verre. L'eau de seltz, va la chercher toi-même à la cuisine. Les bouteilles sont dans la glacière ainsi que la glace, naturellement.

Quelques instants plus tard, Alberte et Charles étaient de nouveau réunis dans le cabinet de travail.

– Eh ! bien, qu'est-ce que tu fais, Charles ?

– Rien de particulier. J'écris, je lis.

– Es-tu heureux ?

C'était le plus naturellement du monde qu'Alberte posait ces questions. Elle semblait avoir complètement oublié que l'homme qui était en face d'elle avait été son mari. Sans la moindre gêne, elle le traitait en ami, en excellent ami. Il eût fait une allusion au passé qu'elle l'eût certainement regardé avec étonnement, sans comprendre, en se demandant s'il ne perdait pas la tête. Elle paraissait pourtant heureuse de le revoir, peut-être pour lui montrer à quel point ce qu'il avait fait l'avait peu touchée.

– À quelle clinique est Jacques ? demanda Charles.

– Rue Piccini. Viens me prendre ici vers deux heures. Nous irons le voir ensemble. Cela lui fera plaisir.

– C'est entendu. Je viendrai demain à deux heures.

– Sois exact parce qu'à trois heures et demie j'ai rendez-vous.

Dans cette indifférence parfaitement jouée il y avait une affectation qui attira l'attention de M. Benesteau. Il connaissait assez sa femme pour savoir qu'elle n'avait rien de commun avec la personne désinvolte qui se trouvait devant lui. Était-ce une contenance ? Avait-elle éprouvé le désir de le revoir et, par amour-propre, voulait-elle le cacher ? « Viens me prendre à deux heures, mais pas plus tard. » Cela n'engageait à rien. Cela permettait, sans se compromettre, de tâter le terrain.

– Il faut que je m'en aille, dit-il. Il est déjà tard. Tu allais te coucher. Je ne veux pas te déranger.

Elle l'accompagna jusqu'à la porte, en s'arrêtant à différentes reprises pour chercher un magazine qu'elle se réjouissait de lire dans son lit.

– Comment es-tu venu ? demanda-t-elle.

– J'ai pris un taxi.

– Tu avais un autobus direct, du moins c'est ce qu'il me semble. Tu habites bien à côté de la porte d'Orléans ?

– N'exagérons pas.

– Enfin, dans cette direction ?

– Oui.

– Eh ! bien, il y a un autobus. En descendant, tu n'auras qu'à aller jusqu'à la rue des Martyrs. Tu le verras. Il passe là. Il faudra peut-être que tu attendes cinq minutes. Mais pas plus.

Charles sourit.

– Je te quitte, Alberte. À demain.

– C'est cela. Demain deux heures. Tu as compris ? Pas deux heures cinq. Deux heures.

Les arbres du boulevard de Clichy projetaient leurs ombres tremblantes sur les maisons. L'air était doux. Charles Benesteau songeait à la visite qu'il venait de faire. Il revoyait Alberte uniquement soucieuse de n'avoir pas changé, indifférente à tout ce qui n'était pas elle-même. Pendant des années il avait vécu près d'elle et aujourd'hui, après une séparation d'un an, elle n'avait même pas cherché à comprendre ce qui se passait en lui.

VIII

Le lendemain, avant de sortir, Charles Benesteau voulut avoir des nouvelles de Juliette. Il frappa à la porte de la chambre de Mme Chevasse. Celle-ci était en train de faire le ménage, son chapeau noir sur la tête.

– Je n'ai pas voulu la réveiller, dit-elle, elle dort si bien.

– Vous allez sortir.

– Il faut bien que je m'occupe du déjeuner.

– Ne m'attendez pas, car je ne crois pas que je rentrerai avant ce soir.

Charles fit sa petite promenade habituelle, puis alla déjeuner dans un restaurant de la rue Racine. À une heure et demie, il prit un autobus pour se rendre boulevard de Clichy. Quoiqu'il n'en eût rien laissé paraître, la nouvelle que Jacques allait être opéré l'avait bouleversé. Quand il s'était séparé de sa femme, Jacques était déjà un beau garçon de dix-sept ans. Aujourd'hui, il devait avoir encore grandi. M. Benesteau avait beaucoup de raisons de croire qu'il n'était pas le père de ce jeune homme. Celui-ci d'ailleurs, renseigné on ne sait trop comment, ne s'était pas gêné pour laisser entendre à différentes reprises qu'il ne se faisait aucune illusion. M. Benesteau ne l'en aimait pas moins.

Le même valet de chambre que la veille ouvrit la porte. Charles remarqua tout de suite qu'il y avait sur le divan du hall, des gants, des chapeaux d'homme, des cannes, une serviette.

– Il y a du monde ?

– Oui, monsieur, quelques amis de madame.

Charles Benesteau demeura un instant hésitant. La perspective de revoir d'anciens amis dans une circonstance comme celle-ci ne lui souriait pas. Il n'y avait pas si longtemps, il les eût reçus lui-même. Il n'eut pas le temps de réfléchir davantage. Le valet de chambre avait déjà ouvert la porte du salon.

– Bonjour, Alberte, dit-il en s'avançant vers elle.

Elle était entourée de quatre messieurs qui fumaient et buvaient des liqueurs. Ils se levèrent. Par les fenêtres ouvertes, on voyait la fumée s'échapper en tournoyant. M. Benesteau constata tout de suite avec un profond soulagement qu'il ne connaissait personne. Les présentations faites, il s'assit au milieu du groupe. La conversation reprit aussitôt, comme si personne n'était venu l'interrompre. De temps en temps, Charles regardait discrètement sa montre. Alberte n'avait-elle pas dit la veille qu'elle avait un rendez-vous à trois heures et demie ?

Un des visiteurs se leva enfin, puis un autre, puis un autre encore. Mais le dernier, un gros homme qui parlait sans cesse des ordres qu'il avait donnés à X… ou à Y… ; de sa position forte vis-à-vis de gens que même Alberte ne semblait pas connaître, tout cela sans se soucier de la présence de Charles, ne se résolvait pas à partir.

Petit à petit, la lumière se faisait dans son esprit. Tous ces messieurs étaient des amis d'Alberte. Elle les avait priés de venir prendre le café pour leur demander des conseils concernant un placement d'argent. Son arrivée avait fait dévier la conversation. Mais comment se faisait-il qu'elle avait choisi pour cette réunion l'heure et le jour où elle avait donné rendez-vous à son ex-mari ? Pourquoi, si elle n'avait pas pu faire autrement, ne l'avait-elle pas décommandé ? Était-ce par amour-propre, pour lui montrer que son divorce n'avait fait qu'accroître le nombre de ses amis ? Avait-ce été pour qu'il comprît qu'il n'était plus rien ? En effet, aucun de ces messieurs, au nom de Charles Benesteau qu'ils ne pouvaient cependant ignorer bien qu'Alberte eût repris son nom de jeune fille, ne lui avait témoigné une attention particulière.

Le dernier invité parti, Alberte poussa un soupir de soulagement.

– Dès qu'on a besoin des gens, dit-elle en se repoudrant, c'est toujours la même chose. Il faut les supporter.

– De quoi as-tu besoin ?

– Je ne peux pas t'expliquer cela maintenant. C'est trop compliqué. Et puis il est tard. Il faut nous dépêcher. Je vais aller me préparer. Fume une cigarette en attendant.

Alberte se leva, sonna pour qu'on enlevât les cendriers, qu'on remît un peu d'ordre dans la pièce, puis sortit. Charles regarda sa montre. Il était trois heures. Jamais Alberte n'aurait le temps d'aller rue Piccini, à moins qu'à cause de ces visites elle n'eût décommandé son rendez-vous de trois heures et demie. Charles s'accouda à une fenêtre. Elle se trouvait juste au-dessus de la cime des maigres arbres du boulevard. Dans le lointain, on apercevait le Sacré-Cœur, sans relief, comme une tache pâle sur l'horizon. Plus il réfléchissait, moins il comprenait Alberte. Ce n'était tout de même pas lui qui lui avait écrit pour la revoir. Que signifiait cette attitude ? Elle le priait de venir, puis elle le traitait comme un importun.

– Voilà, je suis prête, dit-elle dix minutes plus tard.

– Tu sais qu'il est trois heures et quart.

– Comment, ce n'est pas possible !

– Est-ce que tu as rendez-vous à trois heures et demie ?

– Naturellement. Et ce pauvre Jacques qui nous attend.

– Tu lui as fait dire que nous viendrions.

– Non, mais il s'en doute. Enfin, nous ne sommes pas à vingt-quatre heures près. Viens demain. Je vais à la Madeleine. Je peux te déposer quelque part. En tout cas, prenons tout de suite rendez-vous pour demain.

– Es-tu libre ? Dis-le moi tout de suite, parce que si tu ne l'es pas, je peux aller voir Jacques sans toi.

– Enfin, Charles, puisque c'est moi-même qui te demande de prendre rendez-vous.

Le lendemain à deux heures, comme il avait été convenu, Charles se rendit de nouveau boulevard de Clichy.

– Madame n'a pas déjeuné là, dit le valet de chambre. Elle vient de me téléphoner pour me dire de demander à monsieur de l'attendre. Elle doit rentrer d'un moment à l'autre.

Une heure plus tard, elle n'était pas encore arrivée. Charles appela le valet de chambre. Celui-ci ne savait rien d'autre. Au même moment, le téléphone retentit. C'était Alberte. Elle s'excusait beaucoup. Elle n'osait demander à Charles de revenir le lendemain. D'autre part, il y avait du nouveau. Le matin, elle avait reçu la visite d'un chirurgien de la clinique. Après un examen très sérieux du malade, il avait décidé de ne pas l'opérer. Jacques devait partir incessamment pour le Midi. Un mois à la campagne lui ferait plus de bien qu'une opération. Ce n'était pas parce que Jacques, grâce à Dieu, allait mieux, qu'il fallait cesser de se voir. Pourquoi ne se retrouverait-on pas la semaine prochaine ? Jacques hors de danger, on aurait l'esprit plus libre. On pourrait parler d'une manière beaucoup plus intéressante.

M. Benesteau ne fut pas dupe de ces explications. Il comprenait tout. Jacques, certainement, n'avait jamais été conduit à la clinique. Cette histoire d'opération n'avait existé que dans l'imagination d'Alberte. Pourquoi ? Pour renouer avec son ex-mari, elle n'aurait tout de même pas choisi un prétexte pareil. Par simple curiosité de voir ce qu'était devenu Charles ? Une simple lettre eût suffi. S'imaginait-elle donc qu'il était devenu une sorte d'ours que seule une raison grave pût faire sortir de sa retraite ?

IX

Une semaine s'était écoulée depuis ce petit événement. Juliette, sans avoir recouvré sa gaieté habituelle, se montrait moins sauvage. Elle avait de longues conversations avec M. Benesteau. Il lui posait une foule de questions. Il s'intéressait à elle avec bonté. Elle avait déjà des idées arrêtées. Il s'efforçait de les combattre sans heurter la fillette. Quant à Mme Chevasse, son caractère devenait de plus en plus difficile. À l'entendre, il y avait peu de femmes qui auraient négligé leur intérieur comme elle l'avait fait, par dévouement. À la vérité, elle avait cru à une récompense immédiate. Elle avait cru que le soir même du jour où elle avait transporté « ses effets personnels », son geste allait provoquer l'admiration dans tout le quartier. Or, il ne s'était rien passé. M. Benesteau n'avait pas parlé de lui faire un présent somptueux. Et ce qui était plus grave, on lui avait répété qu'il avait demandé ce qu'elle gagnait quand elle était placée. Il croyait donc qu'un service de ce genre s'estimait comme les gages d'une femme de chambre ou d'une cuisinière ! Déjà, à différentes reprises, elle lui avait fait comprendre qu'elle ne pourrait pas sacrifier indéfiniment son foyer. Elle avait ses habitudes. D'autre part, son fils devait arriver en permission. Malgré la meilleure volonté, il lui serait difficile alors de rester.

Un après-midi, Juliette et M. Benesteau se trouvèrent seuls.

– Viens t'asseoir dans mon bureau, ma petite. Tu dessineras pendant que j'écrirai. Je vais te donner tout ce qu'il faut.

Charles tira d'une armoire une boîte de crayons de couleur, un bloc de papier, qu'il avait achetés le matin même.

– Installe-toi à cette table. Est-ce que tu vois assez clair ?

Juliette ne répondit pas. M. Benesteau devina que l'enfant n'avait pas compris sa question, qu'elle ne s'expliquait pas comment on pouvait la lui poser en plein jour. Il n'insista pas. Il lui apporta un coussin pour que le siège fût assez haut. Pendant qu'il s'affairait, il observait Juliette. Elle se tenait immobile près de la porte et, quand elle croyait qu'on ne la voyait pas, elle jetait des regards curieux sur les livres, sur les objets de cette pièce où elle venait d'entrer pour la première fois. Il y avait une heure à peine, Mme Chevasse lui avait lavé les cheveux. Des mèches encore humides pendaient sur ses tempes.

– Assieds-toi. Voici le papier, voici les crayons, voici le modèle, dit Charles en montrant un vase de fleurs. « Tu n'auras qu'à le copier. »

– Juliette s'avança craintivement, s'assit sur la chaise que lui avait préparée M. Benesteau et ne bougea plus. Il fallut encore que celui-ci lui mît un crayon entre les doigts, qu'il dirigeât cette main pour tracer un premier trait.

– Voyons, ma petite, pourquoi ne veux-tu pas t'amuser ?

Elle ne répondit pas que c'était parce qu'elle voulait voir sa mère, bien qu'elle le pensât car, malgré son âge, elle était déjà pleine de prudence. Elle haussa simplement les épaules pour dire, comme l'eût fait un vieillard, que sa réponse quelle qu'elle fût n'aurait aucune importance.

– Il faut te distraire. Tu ne dois pas rester toute une journée à ne rien faire.

Cette fois, elle promena le crayon sur la feuille de papier, mais comme l'eût fait un aveugle, sans se rendre compte de ce qu'elle faisait, si bien que la feuille fut rapidement couverte de traits enchevêtrés.

Bien qu'il se fût attablé pour écrire, Charles ne quittait pas Juliette des yeux. Il ne comprenait pas comment elle ne souffrait pas davantage. Ah ! si le malheur qui frappait cette enfant l'avait frappé, lui, ne serait-il pas devenu fou ? Et Juliette, sans dire un mot, avait accepté d'habiter chez lui. Elle ne pleurait pas. Elle semblait presque normale.

– Tu sais, mon enfant, quand tu seras grande, quand tu auras une famille à toi, tu verras comme tu seras heureuse. Car la vie ne commence vraiment que plus tard. Pour le moment, tu n'es qu'une petite fille.

Aucune parole ne semblait pénétrer dans l'âme de Juliette. Elle continuait à noircir une feuille de papier et Charles se rendit compte qu'il allait avoir autant de mal à lui faire lâcher son crayon qu'il en avait eu à le lui faire prendre.

– Tu veux peut-être que nous allions nous promener avec madame Chevasse, quand elle rentrera ?

Cette fois elle détourna la tête.

– Non.

– Tu n'aimes pas madame Chevasse ?

– Non.

– Et moi, est-ce que tu m'aimes ?

– Non.

– Pourtant je t'aime beaucoup, moi.

Elle garda le silence. Durant un long instant, ses yeux demeurèrent fixés devant elle. Elle continuait à crayonner, mais plus lentement. Soudain, elle se retourna, se leva, regarda Charles en face, très peu de temps, juste quelques secondes. Puis, sans quitter sa place, comme si, malgré sa douleur, elle n'oubliait pas qu'elle n'était pas chez elle, elle baissa la tête, se cacha le visage dans ses mains. Elle sanglotait.

– Qu'est-ce que tu as, ma petite, dit Charles en s'approchant, en essayant en vain de lui dégager le visage.

À ce moment, Mme Chevasse entra dans la pièce. Elle avait une clef. Charles ne l'avait pas entendue venir.

– Ah ! vous voilà de retour, madame Chevasse !

Elle portait un filet à provisions qu'elle posa à ses pieds. Il s'affaissa. Une pomme de terre roula sur le parquet.

– Elle pleure encore, dit-elle en montrant Juliette.

– Pourquoi ? Elle avait déjà pleuré ?

– Elle passe son temps à pleurer. Vous ne comprenez donc pas cette pauvre petite ? Et puis, tenez, j'en ai assez ! Je ne pourrai pas rester plus longtemps. Je veux bien encore vous rendre service ce soir. Mon fils est arrivé en permission à midi. Il a droit, lui aussi, qu'on s'occupe de lui. Ceux qui font leur devoir n'aiment pas payer pour les autres.

– Je ne comprends pas ce que vous voulez dire, madame Chevasse.

– Quand on vient en permission, il est naturel qu'on soit exigeant. Monsieur Benesteau, j'ai à vous parler. Il y a longtemps d'ailleurs que j'ai à vous parler.

Mme Chevasse regarda Juliette.

– Elle ne pleure pas, la comédienne. Elle nous écoute. Allons, va dans ta chambre, et ferme la porte.

Lorsque l'enfant fut partie, Mme Chevasse demanda la permission de s'asseoir, d'une telle façon qu'il semblait qu'elle ne se fût plus assise depuis son installation chez M. Benesteau.

– Je vous en prie, madame Chevasse.

Elle commença par respirer profondément, à plusieurs reprises, puis dit :

– Monsieur, vous comprenez, il ne faut pas non plus obliger les gens à faire ce qu'ils ne veulent pas.

– Mais, madame, personne n'y songe.

– Ce n'est pas de moi que je parle. Je n'ai jamais parlé de moi d'ailleurs. Vous pouvez vous renseigner auprès de tous ceux qui me connaissent, auprès de mes ennemis même, tout le monde vous dira que s'il y a quelqu'un qui s'est sacrifié pour les autres, qui n'a jamais marchandé sa peine, c'est bien moi. Ce n'est pas aujourd'hui que je changerai. J'ai vécu, vous savez. J'ai souffert. Je vous ai dit que mon mari avait été tué au début de la guerre.

– Oui, vous me l'avez dit.

– Eh ! bien, croyez-vous que si on ne m'avait pas estimée, si on n'avait pas su qui j'étais, tous les camarades de mon mari, toute sa section, vous m'entendez, se seraient cotisés comme ils l'ont fait. Ce ne sont pas des paroles, ce sont des faits. Il a fallu que chacun ouvre sa bourse. Ah ! il aurait été bien reçu celui qui aurait voulu payer sa part avec des mots ! Vous comprenez, maintenant, que ce n'est pas à moi que je pensais, quand je vous disais qu'il ne faut pas obliger les gens à faire ce qu'ils ne veulent pas. C'était à la petite. Monsieur est trop bon. Monsieur ne sait pas. J'étais comme lui d'ailleurs. Quand on a toujours vécu dans un monde qui se respecte, on ne peut pas s'imaginer qu'il y a des gens différents de nous. On croit que tout le monde est bien élevé. Ce n'est malheureusement pas le cas. Les Sarrasini, je ne voulais pas le dire pour ne pas leur faire de tort, appartiennent à la plus basse catégorie qui soit. Vous n'avez qu'à observer cette petite. C'est sournois. Ça nous tuerait si ça pouvait. Ça vous hait. Elle ne s'est pas cachée pour me le dire. J'ai toujours été une personne honorable, monsieur. Ce n'est pas pour ces Italiens que je changerai aujourd'hui.

– Vous ne faites pourtant rien de mal, madame, en habitant ici pour tenir compagnie à une enfant. Tout de même, c'est une enfant, vous ne pouvez le nier.

– Monsieur, je vois que vous ne connaissez pas ces milieux. C'est à votre honneur, au mien également, car je ne les connais pas plus que vous. Tout ce monde couche dans la même chambre. Comment voulez-vous que les enfants conservent leur innocence ?

Charles ne tarda pas à deviner ce qui se passait dans l'esprit de Mme Chevasse. Son fils venait d'arriver en permission. Elle tenait à rester près de lui. Il lui était désagréable de penser qu'une autre prendrait sa place.

Aussi, cherchait-elle à persuader M. Benesteau de l'inutilité de sa bonté. D'ailleurs, Juliette n'était pas heureuse. Elle ne demandait qu'à partir. Habituée à être battue, elle aurait préféré des coups. Elle était incapable d'apprécier les soins dont on l'entourait. Victor, lui, les eût appréciés. À la vérité, Mme Chevasse était jalouse de Juliette. N'était-ce pas Victor qui eût dû bénéficier de l'intérêt de M. Benesteau ?

– Si vous ne pouvez pas rester, madame Chevasse, je demanderai à quelqu'un d'autre de vous remplacer. Je ne peux pas mettre cette enfant à la rue.

– Elle n'a qu'à rester chez elle. Ils ont un logement. Elle fera sa cuisine. Que monsieur lui donne quelques piécettes je comprends, mais la prendre chez soi, la nourrir, lui raconter des histoires, c'est exagéré.

– On ne peut pas laisser une enfant seule, à un moment aussi tragique. Elle est capable de se laisser mourir de faim, de se tuer…

– Ah ! pensez donc ! Vous n'avez qu'à demander aux concierges de s'occuper d'elle.

– Mais enfin, qu'est-ce que vous avez contre cette enfant ?

– Je n'ai rien. Je vois qui est monsieur, c'est pourquoi !

Les sentiments de Mme Chevasse étaient de plus en plus visibles. Elle souffrait véritablement de l'intérêt que portait Charles à Juliette.

La sonnette retentit.

– Tiens, qui cela peut-il bien être ? dit Mme Chevasse à qui il avait suffi d'une semaine pour se croire Mme Benesteau elle-même. « Ah ! comme je suis distraite, mais c'est mon fils ! Vous permettez que j'aille ouvrir. »

Elle disparut. Charles entendit des chuchotements. Tout ce que lui avait dit cette femme lui avait causé une impression désagréable. Une telle bassesse, une telle cruauté, un tel orgueil réunis chez un même être, c'était presque monstrueux.

Quelques instants plus tard, elle revenait, accompagnée d'un jeune soldat.

– Mon fils est venu me chercher. On lui a dit que j'étais chez vous. Monsieur m'excusera. Si j'avais su cela, j'aurais prié la concierge de ne pas le laisser monter. Pourquoi ne m'as-tu pas attendue en bas, Victor ?

– Oh ! mais cela ne fait rien. Je suis très content de connaître votre fils, répondit M. Benesteau.

Il avait deviné qu'il n'y avait pas un mot de vrai dans ces explications. La mère et le fils s'étaient visiblement concertés.

Le jeune Chevasse semblait avoir une haute idée de lui-même. C'était un jeune homme de taille moyenne, aux yeux bleus, à la moustache clairsemée, sur qui l'éducation maternelle avait lourdement pesé. Tant de soins avaient entouré son enfance que l'uniforme lui-même prenait sur lui l'aspect d'un chaud vêtement d'intérieur confectionné par sa mère. Il avait tellement entendu critiquer les gens imprévoyants, fantasques, prodigues, qu'il était plein de fierté d'être économe et sérieux. En face de M. Benesteau, il était cependant un peu dérouté, comme sa mère d'ailleurs. Il ne savait que penser de cet homme qui à certains indices était justement un de ces êtres étranges qu'on lui avait appris à éviter et qui, d'autre part, représentait si dignement la bonne société. Aussi se tenait-il sur la réserve.

– Vous êtes en permission ? demanda Charles.

– Je suis arrivé ce matin, à neuf heures quarante, répondit Victor avec une précision qu'il croyait indispensable quand il parlait de lui.

– Vous allez vous reposer, sans doute.

– Nous avons, maman et moi, des amis, des parents à voir, notre oncle notamment.

– Vous vous plaisez à la caserne ?

Comme si c'était un deuxième lui-même qui était soldat et que le premier, c'est-à-dire celui qui parlait, était toujours civil, il répondit avec un sourire qu'il voulait plein de finesse :

– Je crois que jamais personne ne s'est beaucoup plu à la caserne.

– Ne dis pas cela, Victor, interrompit Mme Chevasse, tu n'as qu'une année à faire. Et tout le monde t'aime bien. On t'a demandé de devenir sergent. Est-ce que tu crois qu'on le demande à tout le monde ? Dans ces conditions, ce n'est pas joli de se plaindre. Laisse donc cela aux mauvaises têtes.

Finalement Mme Chevasse, suivie de son fils, se retira, mais en emportant « ses effets personnels ». Malgré la meilleure volonté, elle ne pouvait rester plus longtemps. Elle conseillait vivement à M. Benesteau, s'il ne voulait pas avoir d'ennuis, de se débarrasser de Juliette. Elle consentait à lui rendre un dernier service : demander à ses concierges, les époux Serrurier, de veiller sur la petite. Au moment de partir, Charles lui remit une enveloppe. Elle la prit puis, brusquement, comme si elle venait seulement de comprendre ce qu'on lui offrait, elle la rendit avec indignation.

– Vous vous trompez, monsieur Benesteau, dit-elle, comme si celui-ci avait essayé d'acheter sa vertu.

– Vous vous êtes dérangée. C'est la moindre des choses.

– Nous nous sommes dérangés tous les deux, monsieur Benesteau.

X

Quand Charles se retrouva seul, il réfléchit à ce qu'il convenait de faire. Si personne n'acceptait d'habiter chez lui, il ne pourrait faire autrement que de se séparer de Juliette, d'autant plus que Mme Chevasse, dans son dépit, n'allait pas manquer de le calomnier. Il lui fallait trouver immédiatement une femme de bonne volonté ou bien reconduire l'enfant dans le sinistre taudis d'où il l'avait tirée. Finalement, il se décida à demander conseil à la grosse Mme Bichat. Avant de descendre, il se rendit dans la chambre de Juliette. Elle était assise sur le lit, les mains pendantes entre les jambes, le dos rond.

– Voyons, ma petite Juliette, ne reste pas à ne rien faire. Madame Chevasse est partie. Elle ne reviendra plus. Est-ce que cela te fait plaisir ?

Elle leva la tête et regarda M. Benesteau avec frayeur, comme si Mme Chevasse partie, elle était sans défense.

– Est-ce que tu préfères t'en aller ou rester ?

Elle ne répondit pas.

– Je te demande cela gentiment. Si tu t'en vas, tu n'auras qu'à me dire tout ce que tu désires, je te le donnerai. Je ne veux pas te garder ici, malgré toi, si tu es malheureuse. C'est pour cela que je te pose cette question.

– Je veux bien rester, murmura Juliette, sans pourtant que la crainte peinte sur son visage disparût.

– Il ne faut pas avoir peur de moi. Je vais demander à une autre dame de s'occuper de toi, mais cette fois, ce sera une dame que tu aimeras bien.

– Maman ?

– Oui, bientôt. Mais d'abord une autre.

Charles se rendit chez Mme Bichat. C'était le jour de la lessive. La loge était pleine de vapeur, les vitres, la glace, la cheminée, couvertes de buée.

– Je viens vous demander, madame Bichat, ce que je dois faire avec la petite. Madame Chevasse m'a conseillé de la ramener chez elle.

– Ah ! cela ne m'étonne pas. C'est une vipère, cette femme. Monsieur Benesteau, faites ce que votre conscience vous ordonne.

– Je garderai cette petite jusqu'au retour de la mère. Je ne peux pas faire autrement. D'ailleurs, c'est la moindre des choses.

– Monsieur, vous avez raison.

M. Benesteau n'allait-il pas redevenir ce qu'il avait été naguère, un locataire poli et distant, du jour où il n'hébergerait plus Juliette ?

– Oui, mais je ne peux pas la surveiller seul, vous comprenez, madame Bichat.

– Voulez-vous que je demande à mesdemoiselles Grillot, les blanchisseuses, les deux sœurs ? Vous les connaissez ? Ce sont des demoiselles d'un certain âge, très convenables, et ayant beaucoup de cœur. Il y en aura toujours une qui sera libre. Quand elle voudra sortir le soir, elle se fera remplacer. À moins que vous ne preniez tout simplement une femme de ménage qui consente à coucher chez vous.

Ce fut à cette dernière solution que s'arrêta Charles Benesteau.

*

* *

« Il y a une chose qui me surprend, écrivait-il le lendemain, cependant que Juliette faisait une visite à Mme Bichat, c'est que j'ai pu atteindre l'âge de cinquante ans sans me rendre compte de toutes les faveurs dont j'ai bénéficié. Quand je vois le nombre de gens qui souffrent, de malheurs qui s'abattent sur eux, d'embûches qu'il faut vaincre, surmonter, pour vieillir, et que je songe à ma vie, je suis confondu. On dirait qu'une main invisible s'est plu à me cacher tout ce qui aurait pu m'attrister. Je ne veux pas dire par là que j'ai vécu comme dans un rêve. J'ai ressenti de grandes peines, moi aussi. Mais c'était, si je peux m'exprimer ainsi, des peines prévues, auxquelles j'avais été préparé dès mon jeune âge, la mort de mon père, par exemple. Elle m'a causé un grand chagrin. Nous nous sommes réunis gravement, mes frères et moi. Des amis sont venus. Tout cela se passait comme au théâtre. Il y avait quelqu'un, il y a toujours eu quelqu'un dans la coulisse qui veillait à ce que les malheurs inévitables entrassent tout de suite dans le passé. »

Charles posa son porte-plume, se rendit dans la pièce voisine. Eugénie, la femme de ménage que Mme Bichat avait dénichée impasse des Ronces, était assise sur une chaise, dans cette posture des gens qui ont terminé leur travail mais qui ne peuvent partir avant une certaine heure. C'était une femme sans âge, sans aucun attrait physique, dont la grande préoccupation était, on le sentait, d'avoir l'air propre. Elle avait une camisole propre. Ses bas étaient propres. Ses mains, également. Elle était sale pourtant. Elle était sale parce qu'elle n'avait plus de dents, parce qu'elle n'avait jamais inspiré, nous ne disons pas de l'amour, mais le plus petit sentiment à qui que ce fût.

– Eh ! bien, Eugénie, qu'est-ce que vous faites ?

Elle se leva, surprise et inquiète.

– J'attendais que monsieur me donne des ordres.

– Vous avez acheté ce qu'il faut pour le dîner ?

– Monsieur ne m'avait rien dit. Je ne pouvais pas savoir ce que je devais faire.

– Et Juliette, où est-elle ?

– Elle doit être chez la concierge.

– Je vais descendre. Mais restez assise, Eugénie. Je rapporterai des œufs, du pain et du lait.

Charles descendit lentement l'escalier. Il pensait à ses frères, à sa femme, à ses amis, à tous ceux qu'il avait quittés. Pour ces apparences auxquelles ils attachent tant de prix, n'étaient-ils pas astreints à un effort continuel qui leur cachait justement la poésie de la vie ?

– Vous êtes seule, madame Bichat ? Juliette n'est pas avec vous ?

– Ah ! vous ne la connaissez pas, la petite ! Elle est sortie sans rien me dire. Elle était assise là, sur la malle, muette, dans l'attitude que vous lui connaissez. Brusquement, elle a crié « je m'en vais » et elle est partie. Elle a dû rejoindre le fils Chevasse, le long de la palissade du chemin de fer. On m'a dit qu'ils se faisaient des signaux par la fenêtre. Si jamais la mère l'apprend, ça va mal tourner. Son Victor, vous savez, c'est sa vie.

À dix heures, Juliette n'était pas encore rentrée. Eugénie s'était assoupie sur sa chaise. Charles l'apercevait de son cabinet de travail. Petit à petit, il était parvenu à se débarrasser de son amour de l'indépendance et à laisser les portes entrouvertes. L'état de veille lui donnait encore un certain éclat. Endormie sur une chaise, avec sa tête si légère que le corps demeurait droit, elle n'était qu'un petit squelette.

– Eugénie, murmura Charles.

Elle ne bougea pas. Il se leva alors, ouvrit doucement la porte d'entrée pour ne pas réveiller la femme de ménage, et descendit chez la concierge.

– Vous devriez, dit Mme Bichat, aller voir si Juliette n'est pas tout simplement retournée chez elle. Au fond, vous ne pouvez pas l'en empêcher.

Charles sourit. La soirée était délicieuse. La nuit venait de tomber et le jour tout proche qu'elle venait de chasser blanchissait encore un côté du ciel. M. Benesteau hésita à s'engouffrer dans le sombre couloir, au fond duquel était accrochée une lanterne. On entendait de la musique. L'ouvrier de la maison d'en face fumait sa pipe, et crachait de temps en temps du quatrième étage sur le trottoir. Charles s'éloigna. Après tout, Juliette était libre.

Comme il le faisait chaque soir, il se dirigea vers la gare Montparnasse. Il songeait aux dernières années qu'il avait passées boulevard de Clichy. Comment avait-il pu abandonner sa famille, ses amis, tout, jusqu'à ses lettres, jusqu'à ses poèmes de jeunesse ?

XI

Il était minuit lorsqu'il revint rue de Vanves. Il sonna. Alors qu'il attendait d'habitude près d'un quart d'heure avant qu'on lui ouvrît, Mme Bichat, cette fois, tira le cordon immédiatement. La loge était éclairée, la porte ouverte. Il venait à peine de faire quelques pas dans le couloir que la concierge l'appela.

– Je vous attendais, dit-elle sur un ton aigre. La petite n'est pas rentrée et le fils de madame Chevasse non plus. Elle veut vous voir absolument, la pauvre femme. Elle croit que vous savez où ils sont. Il y a dix minutes à peine qu'elle est partie. Elle a dû réveiller ses concierges. Allez voir si elle est chez eux.

Charles obéit. Mme Chevasse se trouvait en effet chez les époux Serrurier. Le mari était déjà couché mais pour qu'il pût prendre part à la conversation, le rideau de l'alcôve n'avait pas été tiré. On apercevait le vieillard, perché sur son lit, adossé à plusieurs oreillers, le cou entouré d'un fichu. Dès que Mme Chevasse vit Charles, elle s'écria :

– Ah ! il fallait bien qu'il vienne ! Ah ! vous voilà ! » Sa voix tremblait. « Vous voyez ce qui est arrivé. C'est votre faute. Cette fille est une dévergondée. Tout le monde saura pourquoi je n'ai pas pu rester. C'est une honte. Un homme comme vous, qui se dit bien élevé, se conduire comme cela… Et c'est toujours la même chose. Ce ne sont pas ces deux-là qui supportent les conséquences. Ce sont les innocents, les braves petits comme mon Victor. Où est-il, mon Victor ? Mais on saura la vérité, vous m'entendez. »

Mme Chevasse était hors d'elle. Elle criait et le vieux concierge lui faisait signe de son lit de se calmer. C'était peine perdue. On lui avait rapporté que son fils avait été vu rue de la Gaieté en train de manger des crêpes avec Juliette. Elle aurait dû se méfier, le mettre en garde, car comment aurait-il pu se douter de lui-même que cette Juliette, sur laquelle on veillait avec tant de soins, était une coureuse. Ce Charles Benesteau n'allait tout de même pas faire croire aux gens que c'était par charité qu'il avait hébergé cette petite. D'ailleurs, elle, Mme Chevasse, avait remarqué certaines choses. N'avait-on pas essayé parfois de l'éloigner ? Charles n'avait-il pas évité de répondre quand elle lui avait conseillé de se débarrasser de Juliette ? Il était amoureux, c'était évident. Et cette petite, sous des airs douloureux, en profitait. Mais elle avait le diable au corps. Un beau garçon comme Victor l'amusait beaucoup plus.

– Je ne comprends pas les reproches que vous me faites, dit Charles pour répondre quelque chose. Son esprit était ailleurs. Il pensait à la situation ridicule où il se trouvait, à l'amertume qui l'aurait envahi s'il avait pris ces histoires au sérieux. Il était puni. Il avait souhaité le bien de Juliette. Il avait tout fait pour la sauver. Il n'avait pas réussi. C'était tout simplement qu'il n'avait pas mérité de réussir, qu'il n'était pas digne de sauver un de ses semblables. Pour réussir dans le bien il faut se donner de la peine. Il n'y a rien de plus trompeur que la bonne intention, car elle donne l'illusion d'être le bien lui-même. Dans cette loge, sous le regard vitreux du vieux concierge, en face d'une Mme Chevasse indignée, il venait d'apprendre cette vérité.

– S'il arrive quelque chose à mon fils, vous m'entendez, monsieur, vous aurez affaire à moi. Je ne suis qu'une simple femme, mais si on touche à ce que j'aime, à ce qui m'est le plus cher au monde, à Victor, je ne réponds plus de rien.

Mme Chevasse venait à peine de prononcer ces mots, lorsqu'on entendit un bruit de voix dans le couloir. Comme une folle, elle ouvrit la porte, cependant que M. Serrurier soulevait péniblement ses draps pour sortir du lit. Peu après, des cris parvinrent aux oreilles de Charles. Il sortit à son tour et reconnut à la lueur de la lanterne Juliette et le soldat. Mme Chevasse tenait la petite d'une main. De l'autre elle essayait de lui dégager le visage pour la gifler cependant que Victor, penaud, essayait de se faufiler entre le mur et sa mère.

– Je vais conduire immédiatement cette petite au commissariat. Elle ira rejoindre son père. C'est dans le sang de la famille. La mère, prostituée, le père, assassin.

Charles intervint à ce moment.

– Écoutez-moi, madame Chevasse. Qu'avez-vous donc contre cette enfant ? Vous n'avez pas le droit de la traiter comme vous le faites. Si quelqu'un, dans cette affaire, a quelque chose à perdre, c'est elle.

Ces paroles accrurent la colère de Mme Chevasse. À différentes reprises, elle essaya de frapper la fillette. Soudain, celle-ci parvint à se dégager. Avant que personne eût pu la retenir, elle s'enfuit à toutes jambes, claquant derrière elle la porte d'entrée qui était restée ouverte.

– Juliette, Juliette, cria M. Benesteau.

Il courut dans la rue. Elle était déserte.

– Vous n'avez pas honte d'avoir brutalisé cette enfant ?

– Je regrette de ne pas l'avoir fait plus tôt.

En disant ces mots, Mme Chevasse tourna le dos à M. Benesteau.

– Qu'est-ce que tu as donc fait, Victor ? dit-elle avec une douceur inattendue.

– Je n'ai rien fait, maman.

– Tu as écouté cette coureuse ?

– Mais non, maman.

– Elle n'a pas voulu t'entraîner ?

Mme Chevasse n'attendit même pas la réponse de son fils. Elle le prit par les épaules, le serra contre elle.

– Tu es là, c'est tout ce que je demande.

Charles n'avait pas écouté ce court dialogue. Il était ressorti. De nouveau, il inspectait la rue. Il se souvint alors d'avoir entendu parler d'une certaine palissade de chemin de fer. Il prit la rue du Château, jusqu'au pont chevauchant les voies. Juliette errait peut-être dans ces parages. Où coucherait-elle ? Qu'allait-elle devenir ? Cette Mme Chevasse était vraiment une femme odieuse. Comment pouvait-on avoir si peu de cœur ? Comment pouvait-on s'acharner ainsi sur une fillette de treize ans, sans défense, sur un être aussi inoffensif, même en admettant qu'il fût perverti ? Seule la méchanceté, une méchanceté exceptionnelle, pouvait expliquer un tel entêtement. Comme la rue de Vanves, la rue du Château était déserte. Charles s'arrêta sur le pont. La fumée d'une locomotive l'environnait parfois. Où était Juliette ? Dans quel lit immonde allait-elle se réveiller demain ? Comment finirait-elle ? Elle passerait de mains en mains jusqu'au jour où on s'apercevrait qu'elle était mineure. Alors on l'enverrait dans une maison de correction. En sortant, elle recommencerait. Elle tomberait malade. Elle ne se soignerait pas et elle mourrait à trente ans. Il y a donc des gens dont la destinée est aussi facile à prévoir ? Il ne l'avait pas cru jusque-là.

XII

Quelques jours s'écoulèrent lorsqu'un matin M. Benesteau trouva sous sa porte une lettre de son frère cadet. « Mon vieux Charles, écrivait Marc, je voudrais te voir. Passe à la boîte le jour que tu voudras, entre onze heures et midi. À moins d'une raison exceptionnelle, tu es sûr de me trouver. Cordialement à toi. »

Le jour même, Charles se rendit rue du Helder. Il s'y rendit même avec un certain plaisir tant il éprouvait de peine depuis le départ de la petite Juliette. Où était-elle à présent ? Il ne lui connaissait aucun parent, aucun ami. Quant aux voisins, à la suite de cette histoire, ils lui battaient froid on ne sait pourquoi. Brusquement plus personne ne lui avait adressé la parole. On semblait le considérer comme la cause de tous les malheurs de cette enfant.

C'était dans un immeuble d'apparence assez quelconque, au premier étage, que se trouvaient les « bureaux parisiens » de la vieille maison Théo Benesteau. Au temps où il avait vécu dans sa famille Charles n'avait été que rarement rue du Helder. Cette porte qui déclenchait une sonnette, ces guichets grillagés, ces employés prisonniers devant lesquels on passait librement, tout cela lui avait toujours causé une impression désagréable. Il entra. L'appariteur était nouveau. Il ne savait pas que le visiteur était le frère de Marc. Il le conduisit dans un salon d'attente où il n'y avait que six vieux fauteuils de cuir.

– Excuse-moi de t'avoir fait attendre, dit Marc un quart d'heure plus tard, mais c'est toujours comme cela, il suffit qu'on dise qu'on est libre tous les jours à une certaine heure pour qu'on ne le soit plus. Ce matin, naturellement, pan, une tuile. Entre.

En disant ce dernier mot sur un tout autre ton que le reste, Marc, cependant qu'il poussait la seconde porte de son cabinet, celle qui était rembourrée, maintint du pied la première, cela avec beaucoup d'aisance, habitué qu'il était à ce petit exercice. En entrant dans la pièce, Charles ne put cacher son étonnement. Elle n'avait plus rien de commun avec l'austère et poussiéreux cabinet de travail du vieux père. Si rien n'avait été changé dans les bureaux, dans le hall, si les lambris et les dorures y avaient été épargnés pour ne pas effrayer la vieille clientèle, « la base solide » comme disait Marc, le bureau directorial avait été transformé. Repeint, vidé de ses classeurs, de ses paperasses, à peine meublé, mais avec des meubles de grand prix, cette pièce surprenait dans un vieil immeuble. Aux murs, il y avait quelques tableaux modernes, de peintres passant pour géniaux dans le milieu de Marc, et sur la cheminée, ainsi que le remarqua tout de suite Charles, la terre cuite qu'il n'avait pas voulu emporter.

– Tu la reconnais, dit Marc en riant. Je tiens à te dire tout de suite qu'elle est toujours à toi. J'ai demandé à ta femme, à ton ex-femme, pardon, de me la confier parce que j'ai pensé qu'elle ferait très bien ici. En effet, cela a de l'allure, n'est-ce pas ? Une seule chose sur la cheminée, n'est-ce pas ? mais parfaite. C'est ça le vrai chic. D'ailleurs, comme tu peux le voir, je me suis soumis à cette règle, malgré les protestations de qui tu sais. Moi, tu comprends, je veux bien faire les choses, me charger des tâches les plus ingrates, mais à la condition qu'on m'obéisse. Tu sais ce qui arrive quand chacun veut commander. S'ils veulent commander, ils n'ont qu'à le faire. Moi, cela m'est égal. Mais qu'ils me préviennent. C'est tout ce que je leur demande.

Charles n'écoutait que distraitement son frère. Il se demandait ce que signifiait cet accueil. Que cachait-il ? Pourquoi le recevait-on comme si rien ne s'était passé depuis un an, comme s'il habitait toujours boulevard de Clichy ? Agissait-on ainsi par crainte qu'il ne demandât quelque chose ? Avait-on décidé, au cours d'un conseil de famille, de s'incliner devant les fantaisies de Charles et de renouer en se gardant bien, toutefois, de donner aux nouveaux rapports trop d'intimité ? Un fils Bugeaud n'était-il pas devenu chanteur de music-hall ? Il n'y a que les grandes familles qui peuvent se permettre d'avoir un parent publiquement déchu.

– Ce n'est pas tout cela, continua Marc. Je t'ai demandé de venir parce que j'avais à te parler. Tu sais que je vois très souvent Alberte qui est une femme absolument charmante. Je le dis à tout le monde. Je suis marié. J'aime Dédé. On ne peut donc pas me soupçonner de lui faire la cour. Eh ! bien, Alberte au point de vue amitié est parfaite. C'est la femme nette, droite, pleine de bon sens. Au fond, je ne sais pas pourquoi je te parle de ses qualités, tu les connais mieux que moi. Je voulais te dire que je l'ai vue avant-hier. Nous avons dîné ensemble, avec Dédé naturellement. On a un petit peu bu. Tu sais ce que c'est. On a parlé des gens qu'elle connaissait. Et c'est comme cela que la conversation est tombée sur toi. Eh ! bien, j'ai été vraiment étonné de voir l'affection qu'Alberte a conservée pour toi. Je t'assure que je n'ai pas eu besoin de lui expliquer ce qui se passait dans ton cerveau, elle le savait. Il faudrait tout de même que tu ailles la voir de temps en temps. Vous êtes restés de bons amis. Il n'y a aucune raison pour que tu rompes complètement.

– Je l'ai vue il y a une quinzaine de jours.

– Elle me l'a dit. Elle croyait que tu allais revenir. C'est justement de ton indifférence qu'elle se plaint. Elle espérait que, vos relations reprises, tu lui téléphonerais de temps en temps, que tu viendrais dîner par exemple.

À ce moment, on frappa à la porte.

– Entrez, dit Marc.

Un employé parut.

– Qu'est-ce que vous voulez, Paul ?

– Excusez-moi, monsieur, je croyais que vous étiez seul.

– Ne vous gênez pas. Vous pouvez parler devant mon frère.

– Je viens au sujet de Crépin.

– Ah ! non, cette histoire est finie. Vous n'allez pas recommencer. Je ne reviendrai pas sur ce que j'ai décidé tout à l'heure.

– Crépin m'a chargé de vous demander pardon. Il est père de quatre enfants. Sa femme est malade. Il est obligé, quand il rentre le soir, de faire le ménage et la cuisine.

– Ce n'est pas la peine d'essayer de m'attendrir, je vous ai dit que je ne reviendrai pas sur ma décision.

– Crépin ne recommencera plus, monsieur. Je m'en porte garant. Si vous saviez dans quel état il est, vous auriez pitié de lui.

– Je ne peux rien. Je trouve même qu'il ne manque pas d'aplomb. Ce n'est pas parce que je ne dépose pas de plainte qu'il doit se croire tout permis.

– Que s'est-il passé ? demanda Charles Benesteau.

– Il s'est passé qu'un de mes employés, un certain Crépin, a pris trois cents francs que le caissier avait laissés traîner sur une table. Il a été surpris au moment même où il les mettait dans sa poche. Il a avoué qu'il l'avait déjà fait plusieurs fois, mais qu'il avait toujours rendu ce qu'il avait pris, tout cela parce qu'il joue aux courses. Comment veux-tu garder un employé pareil ? Il recommencera et il arrivera un jour où il ne pourra pas rembourser. Pour boucher un trou, il en fera un autre plus grand. Garder un pareil employé serait lui rendre un mauvais service. D'ailleurs, c'est impossible à présent. Tout le monde connaît l'histoire. S'il restait, ce serait tout le personnel qui s'en irait. Il faut être absolument fou pour ne pas le comprendre.

En parlant Marc s'était échauffé.

– Faites-le venir, ce Crépin, dit-il à l'employé, je vais lui demander s'il ne veut pas que je le fasse conduire à Sainte-Anne.

Peu après, l'employé revenait avec le nommé Crépin. Celui-ci était un homme de quarante-cinq ans, tout petit, mais très large de poitrine, la taille serrée dans un veston court et usé, rouge de teint, portant des chaussures à talons hauts. Il affectait un repentir qui ne lui allait pas plus qu'à un enfant turbulent. On imaginait mal cet homme débordant de vie, entouré de quatre enfants, d'une femme malade et faisant le ménage et la cuisine. Toute cette histoire sentait la comédie. Pourtant Marc ne semblait pas s'en douter.

– Ah ! vous voilà. Je vous ai fait venir pour qu'on vous voie. Est-ce que vous avez toute votre raison ? Je me le demande. Vous n'avez pas du tout l'air de vous rendre compte de la gravité de vos actes. Je vous renvoie et vous semblez mécontent. Mais vous devriez me remercier. J'aurais pu vous faire arrêter sur-le-champ. Allez-vous-en.

– Il y a cinq ans que je suis ici, monsieur. Jamais il n'a manqué un centime. J'ai toujours remis ce que je prenais, dès que je touchais mes appointements.

– Dans ce cas-là, il ne fallait pas vous faire prendre. Vous ne devriez même pas insister. Quelle serait votre attitude vis-à-vis de vos collègues ? Allez-vous-en. Je ne veux plus discuter. C'est ridicule.

Enfin il se retira en se dandinant, suivi de l'autre employé. Peu après, Charles prenait congé de son frère. Mais avant de sortir, il se pencha à l'oreille de l'appariteur.

– Quelle est l'adresse de Crépin ?

Une minute après, il se retrouvait rue du Helder. « Onze, rue des Récollets », répétait-il de temps en temps pour ne pas oublier cette adresse.

XIII

Comme il le faisait depuis le jour où Juliette s'était enfuie, il frappa à la porte de la loge, demanda s'il n'y avait rien de nouveau, avec l'espoir que l'enfant était revenue en son absence. Plus le temps passait, plus il s'inquiétait. Où était Juliette ? Il se reprochait à présent de n'avoir pas su lui inspirer confiance, d'avoir fait appel à Mme Chevasse. Il monta lentement ses quatre étages. En ouvrant, il se rappela brusquement qu'Eugénie habitait toujours chez lui. Elle était si heureuse qu'il n'avait pas osé la renvoyer. Elle couchait dans la pièce du fond et, le jour, elle ne quittait pas la cuisine. Assise sur un escabeau, elle n'y faisait rien. Les trois pièces du logement lui semblaient un palais. Pouvait-on en effet les comparer au taudis qu'elle partageait avec une autre femme, dans une impasse voisine ?

– Eh ! bien, Eugénie, qu'est-ce que vous faites ?

– J'attendais monsieur, dit-elle en se levant et en essuyant ses mains à son tablier, car, quoiqu'elle prétendît avoir travaillé dans les meilleures maisons, elle n'avait jamais servi. C'était sans doute pour cela que son premier mouvement était toujours de tendre une main propre.

– Vous n'êtes pas obligée, Eugénie, de rester toute la journée dans la cuisine. Vous pouvez aller dans les deux pièces du fond. Je ne vous dis pas d'aller dans la mienne parce qu'il y a des papiers, des objets que vous pourriez déranger par mégarde. D'ailleurs, si vous ne touchez à rien, je vous autorise à y aller. Et puis, il faut sortir. N'ayez pas peur. On vous laissera rentrer.

La pauvre femme, comme l'avait deviné son maître, n'osait sortir de peur de trouver la porte close à son retour.

– Merci, monsieur, merci. Vous êtes trop bon. Je n'ai jamais rencontré quelqu'un comme vous. Est-ce que vous voulez que je fasse quelque chose tout de suite ? Il faut me donner des ordres. C'est la moindre des choses.

– Eh ! bien, faites-moi une tasse de thé, Eugénie.

Charles s'assit devant sa table de travail. Il n'avait aucune envie d'écrire. Il était abattu comme si ce jour d'août avait été un jour de printemps. Quand il était venu habiter rue de Vanves, il lui avait semblé qu'il ne s'ennuierait pas une minute, qu'il s'intéresserait à tout, qu'il interrogerait ses voisins, qu'il serait une fourmi dans une fourmilière, qu'il serait sympathique à tout le monde. Mais ce jour-là, en revenant de la rue du Helder, il avait le sentiment que tout était gris autour de lui, qu'aucune joie ne régnait nulle part et, ce qui était plus grave, qu'il n'avait même pas changé. Le courage dont il croyait avoir fait preuve en rompant avec le passé lui semblait à cette minute avoir été inutile. Marc ne venait-il pas de lui parler comme il l'avait toujours fait ? Ses voisins, Mme Bichat, tous ces gens, ne refusaient-ils pas de le considérer comme un des leurs ?

– Eugénie, cria-t-il.

La vieille femme parut avec une casserole à la main, dans laquelle elle avait jeté le thé.

– Asseyez-vous, Eugénie. Restez un instant près de moi.

Elle obéit sans comprendre. Charles la regarda comme on regarde un bienfaiteur. Il avait envie de pleurer. Pour la première fois depuis qu'il avait quitté le boulevard de Clichy, il se sentait malheureux, vraiment malheureux, comme il se souvenait l'avoir été au temps où Théo Benesteau vivait encore. La fenêtre était ouverte. Il regarda le ciel couvert, dont les nuages avaient des reflets argentés, et tous ces moucherons, ces oiseaux, qui passaient et repassaient sans cesse devant ses yeux. Il tourna de nouveau la tête vers Eugénie. Aucune destinée ne pouvait être plus humble que celle de cette femme.

– Je voudrais, dit-il, que vous vous plaisiez ici.

– Je me plais beaucoup, répondit-elle.

Comment se faisait-il que cette femme de soixante ans, dont le nez était cassé de naissance, dont les joues minces s'enfonçaient dans la cavité de la bouche, comment se faisait-il qu'une pareille femme eût un maintien et des airs de fillette ? Quand elle avait répondu en minaudant inconsciemment : « Je me plais beaucoup », Charles un instant, avait entrevu la fraîche enfant qu'avait été cette ruine.

Sur la fin de l'après-midi, Charles se ressaisit. Il écrivit deux pages sur ses souvenirs de lycée, puis s'accouda à la fenêtre. En se penchant, il voyait les passants, les stores, les automobiles. « Je vais aller faire un tour avant le dîner », pensa-t-il. Lorsqu'il rentra deux heures plus tard, quel ne fut pas son étonnement de voir un attroupement devant la maison contiguë à la sienne, celle habitée par Mme Chevasse. « Juliette est peut-être de retour », se dit-il. Il se fraya un passage jusqu'à la porte. Il y avait également du monde dans le couloir. Malgré tous ses efforts, il ne parvint pas à faire un pas de plus. Il interrogea ses voisins. Selon certains, on avait trouvé le cadavre d'une vieille femme asphyxiée dans son lit. Selon d'autres, un bébé de deux ans était tombé du cinquième étage dans la cour. Son père le tenait dans un de ses bras. Le bébé avait donné un coup de reins et était tombé en arrière, juste par-dessus la barre d'appui. Selon d'autres encore, il y avait eu tout simplement le feu.

Charles Benesteau rentra chez lui. Au moment où il ouvrit la porte, Eugénie s'approcha.

– Elle est là, dit-elle en désignant la chambre du fond.

– Juliette ?

– Oui, oui, oui.

Charles se rendit sur-le-champ dans cette pièce. Juliette était assise sur le lit. Sa robe propre et fripée semblait avoir été lavée dans une rivière.

– Où étais-tu ?

– Chez une amie.

Charles n'eut pas le loisir de l'interroger plus longtemps. Mme Bichat arrivait aux nouvelles. Elle avait vu monter Juliette, mais elle n'avait pas vu son locataire.

– Vous voyez, dit-elle, il n'y avait pas de quoi s'inquiéter. Je savais bien qu'elle reviendrait. Si vous pensez qu'elle se gênait quand ses parents étaient là, pour disparaître pendant plusieurs jours. Elle est du Midi, qu'est-ce que vous voulez. Ces gens-là n'ont pas le même sang que nous.

Le soir, ce fut Charles Benesteau lui-même qui prépara le lit de l'enfant. Puis il se retira dans sa chambre, éteignit la lumière, s'allongea mais ne s'endormit pas.

XIV

Son fils Victor parti, Mme Chevasse eut tout le loisir de s'occuper de Charles, de la petite Juliette et d'Eugénie. Elle devint l'âme de la cabale qui se montait contre l'étrange trio. Ce monsieur que tout le monde avait cru si convenable, dont on avait guetté le salut au passage, sur lequel on avait demandé des renseignements, qu'on avait été fier d'approcher, ce même monsieur qui avait fait tant d'impression avait recueilli chez lui la fille d'un assassin, la fille de ces époux buveurs, querelleurs, que tout le quartier haïssait. Ç'avait été pourtant sur la recommandation de Mme Bichat que Charles avait demandé à Eugénie de venir habiter chez lui. Aujourd'hui, la concierge répandait le bruit que son locataire hébergeait cette ivrognesse parce qu'elle était un peu simple d'esprit et qu'il pouvait ainsi, en sauvant les apparences, faire d'une fillette sa maîtresse.

Mais comme il était difficile de nuire véritablement à Charles Benesteau, ce fut sur Eugénie qu'on s'acharna. Chaque fois qu'elle sortait, Mme Bichat l'arrêtait au passage et, avec mille sourires, l'obligeait à entrer dans sa loge. « Qu'est-ce qu'il fait donc toute la journée avec la petite ? » lui demandait alors la concierge. Eugénie avait des réponses naïves qui faisaient éclater de rire les personnes présentes.

Il y avait une semaine que Juliette était revenue lorsqu'un matin, Mme Chevasse fit irruption comme une folle dans la loge de Mme Bichat.

– C'est ignoble, il faut prévenir la police.

– Qu'est-ce que vous avez, madame Chevasse ?

– On ne pourra plus nous raconter maintenant qu'il lui apprend à lire. Ah ! cette fille ! C'est le vice personnifié !

– Vous les avez vus ?

– Je les ai vus comme je vous vois, madame Bichat. Ils ne se gênaient même pas. Ils pourraient au moins fermer leurs volets. Mais je vais déposer une plainte. Je ne suis pas obligée d'assister à ces saletés.

– C'est hier soir que vous les avez vus ?

– Oui. Il s'est approché d'elle. Il l'a embrassée. Je vous assure que la petite ne s'est pas défendue. Je les voyais comme je vous vois. Il y avait de la lumière chez eux. Je vais attendre Eugénie ici, madame Bichat, si cela ne vous dérange pas.

Deux commères parlaient dans la cour. La concierge les appela. L'une faisait l'envie de toute la maison parce que chaisière au bois de Boulogne ; l'autre, toute jeune, était la femme d'un terrassier.

– Entrez, madame Babillot.

– Je ne peux pas escalader, je suis trop lourde.

La compagne de Mme Babillot, Léa, sauta dans la loge.

– Faites le tour, madame Babillot. Si votre mari était là, fort comme il est…

– Ah ! quel colosse, celui-là !

– Fort comme il est, il vous soulèverait et vous porterait jusqu'ici.

– Madame Bichat nous offre le café, je parie.

Léa, la femme du terrassier, était ce qu'on appelle une belle fille. Très brune, les bras toujours nus, elle semblait dire : « Le travail ne me fait pas peur. »

– Voulez-vous que je vous donne un coup de main, madame Bichat, dit-elle à la concierge qui rallumait son feu pour faire chauffer du café, sur le ton d'un industriel faisant cadeau d'un objet qu'il fabrique. Le travail ne coûtait rien à Léa. Comme un bien qu'elle eût possédé en surabondance, elle en offrait à tout le monde.

Mme Babillot, qui venait de faire le tour, entra dans la loge. Tout le monde s'y tenait avec peine tant la pièce était encombrée.

– Il faudra un jour que je vous aide à mettre de l'ordre, dit Léa.

Mme Babillot, elle, était moins courageuse. C'était une femme presque aussi grasse que Mme Bichat, et qui se déplaçait avec peine. Son mari, le terrassier, lui avait donné une piètre opinion des hommes. Ils étaient tous des alcooliques, des fainéants, on ne comprenait pas qu'ils eussent tous les droits quand tant de femmes leur étaient supérieures.

– Qui est-ce qui secoue son chiffon à cette heure-ci ? demanda Mme Bichat en voyant des flocons de poussière voler dans l'embrasure de la fenêtre.

Elle se pencha.

– C'est vous, madame Cagneaux, qui secouez votre chiffon ? Vous savez bien que c'est défendu.

On entendit une voix grêle crier :

– Il n'est pas dix heures.

– Si vous avez une minute, descendez.

Peu après, Mme Cagneaux pénétrait à son tour dans la loge. C'était une petite femme maigre, au teint gris, au visage desséché.

– Eh ! bien, vous savez la nouvelle, madame Cagneaux ?

– Quelle nouvelle ?

– Celle qui concerne monsieur Benesteau et la petite. Ils s'embrassent tous les deux, sans se gêner. Et ça n'a rien de paternel, je vous le dis.

De ces cinq femmes, c'était celle qui avait tout provoqué, Mme Chevasse, qui semblait la plus indifférente.

– Il y aura donc toujours des gens comme cela ! dit Mme Cagneaux comme si, au temps de sa jeunesse, elle avait dû se défendre contre des messieurs trop entreprenants.

– C'est la petite qui l'a aguiché. Vous pensez bien qu'il ne lui serait jamais venu à l'idée à ce monsieur de faire la cour à une gamine. Elle a le diable au corps, cette petite. Je ne dis pas que le monsieur est un saint, mais enfin, il a une excuse lui. C'est un homme.

Il y avait une demi-heure que la conversation durait sur ce ton lorsque, soudain, Mme Bichat fit signe à ses hôtes de se taire. Une femme passait dans le couloir. C'était Eugénie.

– Allez la chercher. Faites-la venir, dit Mme Bichat à Léa.

Peu après, Eugénie pénétrait dans la loge. Elle connaissait chacune des femmes qui se trouvaient là. En les voyant réunies, elle fut prise de crainte.

– Fermez la porte derrière vous, dit Mme Bichat.

Eugénie obéit. Elle portait un panier, car elle allait aux provisions. Sa main droite était fermée. On devinait qu'elle tenait précieusement dans sa paume l'argent que son maître lui avait donné.

– Asseyez-vous, Eugénie, ne faites pas tant de manières. Ce n'est pas parce que vous travaillez chez monsieur Benesteau qu'il faut faire la fière. Alors, si on ne vous avait pas appelée, vous ne seriez pas entrée !

– J'ai vu que vous n'étiez pas seule, madame Bichat. Je n'ai pas voulu vous déranger.

– Alors, est-ce que vous êtes contente de votre place ?

– Oh ! oui.

– On ne s'ennuie pas, là-haut.

– Un peu quelquefois, mais on est si bien. Jamais d'observations. Monsieur Benesteau est toujours content. Jamais il ne se plaint.

Les femmes se regardèrent comme si les propos d'Eugénie confirmaient ce qu'elles avaient dit.

– Écoutez, Eugénie, dit Mme Chevasse, vous n'avez pas la prétention, j'espère, de m'apprendre, à moi qui viens de passer huit jours chez monsieur Benesteau, quel est votre travail.

– Je fais le ménage, un peu de cuisine, c'est tout.

– Si c'était tout, est-ce que vous croyez que je serais partie. Car si vous avez cette place, n'oubliez pas que c'est parce que je l'ai laissée.

– Je n'ai rien fait pour l'avoir.

– Taisez-vous. Vous n'avez jamais travaillé honnêtement. On n'a qu'à aller voir où vous habitez pour être fixé. Vous avez traîné la misère toute votre vie, à cause de votre paresse. Et aujourd'hui que vous êtes vieille, que vous ne pouvez même plus vous présenter quelque part, vous acceptez de jouer des rôles infâmes.

Eugénie se mit à trembler. Tous ces regards braqués sur elle, la haine qui émanait de ces femmes, lui avaient brusquement fait perdre son sang-froid. Elle aurait voulu fuir mais elle n'osait pas. Déjà Léa s'était approchée. Cette grande fille pleine de santé l'effrayait autant qu'un homme rencontré le soir, dans une rue déserte.

– Écoutez-nous, Eugénie. Il faut que vous choisissiez. En tous les cas, nous vous prévenons que nous vous dénoncerons à la police si vous continuez votre sale métier.

– Monsieur est si bon, parvint à dire Eugénie.

– Il est comme tous les hommes, son plaisir d'abord.

– Qu'est-ce que monsieur pensera de moi, si je ne reviens plus ? Et l'argent que j'ai là ? Il faut que je le rende ?

– Vous n'avez qu'à le garder, Eugénie. Cela sera pour votre peine.

La pauvre femme ne put rester plus longtemps debout. Elle s'assit sur une malle. Plus personne ne lui parlait. Mme Babillot, ayant fait une remarque favorable à la petite Juliette, tout le monde s'était dressé. Finalement, Eugénie se leva. Elle se rendait bien compte que si elle n'obéissait pas à ce groupe de femmes, elle serait obligée de quitter le quartier. La haine que sa frêle personne soulèverait serait telle qu'elle ne trouverait même plus un boulanger pour lui vendre du pain. Où irait-elle ? Que ferait-elle le jour où M. Benesteau se séparerait d'elle ? Ne fallait-il pas qu'elle songeât à son avenir, elle aussi ?

XV

Quand Charles demanda des nouvelles d'Eugénie à Mme Bichat, celle-ci lui répondit avec hypocrisie :

– Comment, Eugénie n'est pas rentrée, elle qui est l'exactitude même ! C'est étrange. Je vais aller voir chez elle.

– Donnez-moi son adresse, je vais y aller moi-même.

– Oh ! elle n'a pas d'adresse. Elle habitait dernièrement dans une impasse que vous ne connaissez pas, mais elle est partie depuis longtemps. Elle couche dans des baraquements, dans des wagons de marchandises, aux abattoirs. J'espère qu'il ne manque rien chez vous parce que vous savez, avec elle, on n'est jamais certain de retrouver les petites choses auxquelles on tient. Ce n'est pas qu'elle soit malhonnête, sans quoi je ne vous l'aurais pas recommandée, mais quand elle sent qu'on relâche la bride, c'est plus fort qu'elle, elle en profite.

– Est-ce que vous connaîtriez quelqu'un qui pourrait la remplacer ?

Mme Bichat leva les bras dans un geste qui signifiait qu'elle commençait à avoir assez de cette histoire.

– Je ne connais personne.

– Enfin, madame Bichat, il y a bien dans le quartier une femme qui ne demande qu'à gagner un peu d'argent.

– Oui, mais en faisant ce métier-là !

– Quel métier ?

– Vous me comprenez, monsieur Benesteau, vous n'êtes pas plus bête qu'un autre. Ce ne serait pas la peine d'avoir votre instruction.

Charles avait compris, il préférait ne pas le dire.

– C'est dommage. Enfin, je vais essayer de m'occuper moi-même de cette enfant. Si je ne peux pas, je la mettrai en pension.

En montant chez lui, il dut faire un effort pour ne pas parler à haute voix. Avait-il le droit de se révolter contre la méchanceté humaine ? Il n'était pas certain d'être meilleur que les autres… Pour ne pas se tromper, il n'avait qu'à faire ce qu'il croyait être son devoir.

À partir de ce jour, il donna tous ses soins à la petite Juliette. Elle s'était peu à peu apprivoisée. Il lui arrivait de rire. Elle allait et venait dans l'appartement. Elle sortait, faisait des courses et comme Charles le lui avait demandé, elle n'adressait la parole à personne.

Il y avait plusieurs jours que cette vie durait, lorsqu'un matin Mme Sarrasini sortit de l'hôpital et rentra chez elle, la tête encore entourée de pansements. Il y avait seulement un mois cette femme avait été haïe de tout le monde, à cause de ses mœurs faciles.

– Ah ! quel bonheur de vous revoir, s'écrièrent M. et Mme Serrurier.

La pauvre femme tenait un baluchon à la main. Elle le posa à terre, s'assit, réconfortée par cet accueil. Elle avait bien changé en quelques semaines. Elle était pâle, bouffie, et ses yeux noirs avaient l'éclat que donne la fièvre. Quant au pansement qu'elle portait, il avait dû être fait le matin par une infirmière car il entourait savamment la tête et la nuque.

– Où est Juliette ? demanda-t-elle.

– Il y a un monsieur de la maison voisine qui s'est occupé d'elle. Vous n'avez qu'à demander à madame Bichat le nom de ce monsieur, ou à madame Chevasse. Et votre mari ?

– Ne me parlez pas de lui.

– Ça fait plaisir de vous revoir, madame Sarrasini.

Elle ne répondit pas à cette parole aimable. Le mois qu'elle venait de passer à l'hôpital lui avait donné une gravité sombre.

– Vous dites que ma fille est à côté ?

– Oui. Même que tout le monde en parle.

– Pourquoi ?

– Elle est chez un monsieur seul.

Ces derniers mots laissèrent Hélène Sarrasini complètement indifférente. Elle prit la clef que lui tendit le vieux concierge, traversa la courette, déposa chez elle son baluchon puis, sans avoir même jeté un coup d'œil sur son intérieur, alla rejoindre son amant.

Ce ne fut que dans la soirée qu'elle se rendit chez Mme Bichat. Celle-ci savait déjà qu'Hélène Sarrasini était revenue. Elle avait prévenu aussitôt Mme Chevasse qui était descendue immédiatement.

– Madame Bichat, dit Hélène Sarrasini, il faut que je vous demande le nom du monsieur qui héberge ma fille.

– Entrez d'abord, entrez d'abord, dit Mme Chevasse qui s'était levée d'un bond.

Mme Sarrasini avait un profond mépris pour toutes ces femmes. Elle toisa la concierge et Mme Chevasse avec hauteur.

– Entrez, on va vous le dire, répéta Mme Chevasse avec beaucoup plus de douceur.

Hélène Sarrasini obéit, mais avec lenteur, comme l'enfant cédant malgré lui à un ordre. Une fois au milieu de la loge, elle regarda de nouveau les deux femmes, moins durement, avec curiosité cette fois.

– Je suis contente de vous voir, madame, dit Mme Chevasse avec une amabilité exagérée, car j'ai beaucoup de choses à vous apprendre. Je suis mère, comme vous.

Mme Sarrasini eut un sourire moqueur que personne ne remarqua.

– Je suis mère comme vous. Je sais donc ce que c'est d'élever les enfants. Moi, madame, j'ai perdu mon mari à la guerre. J'aime mieux cela que de le perdre comme vous venez de perdre le vôtre. Enfin, ce n'est pas de cela que je veux vous parler. Je veux vous parler de ce monsieur dont vous venez de demander le nom. Je serais à votre place, madame, j'irais demander à la police de m'accompagner. Il a voulu me faire sa complice. J'ai refusé avec indignation. Cet homme, si j'étais à votre place, je le giflerais. Sous le couvert de la bonté, de la charité, il fait semblant de s'intéresser à vous et au moment où vous vous y attendez le moins, il vous fait des propositions. Votre fille, qui est une brave petite, a dû disparaître pendant plusieurs jours pour lui échapper. Il était temps que vous rentriez, madame, sans quoi je me demande dans quel état vous l'auriez retrouvée, votre fille.

Quelques instants plus tard, Hélène Sarrasini sonnait chez Charles Benesteau. Il n'avait vu cette femme qu'une seule fois, le jour où, étendue sur un grabat, il avait eu l'impression qu'elle allait mourir. Il la reconnut cependant tout de suite, malgré son pansement. Son visage s'éclaira. Chaque jour, Juliette réclamait sa mère. Chaque jour elle pleurait. Combien grand serait son bonheur en la revoyant !

– Entrez, madame, entrez. Quand votre fille saura que vous êtes là, elle va être folle de joie.

Hélène Sarrasini regarda Charles d'abord avec méfiance, puis avec sympathie. Cette femme, dont la vie entière s'était écoulée dans la plus sombre misère, jugeait les gens, à quelque milieu qu'ils appartinssent, avec une sûreté extraordinaire et sans attacher la plus petite importance à leur rang. Et c'était cette même femme qui avait été à moitié assommée par un mari ivrogne, qui changeait à chaque instant d'amant et se souciait si peu de son enfant !

– Attendez ici, madame, je vais aller chercher Juliette.

Charles lui avait acheté le matin même une Histoire de France illustrée. Juliette contemplait les images. Son visage était reposé. Charles s'approcha d'elle, ferma le livre, la regarda dans les yeux.

– Ta mère est là.

Le visage souriant de Juliette devint grave.

– Maman est là, répéta-t-elle sans paraître comprendre ce qu'elle disait.

Un instant après, elle était dans les bras de sa mère, ou plutôt contre sa mère car celle-ci, tout en la caressant distraitement, parlait à M. Benesteau.

– C'est vous, je crois, que Vincent a été voir. Il m'a parlé d'un avocat qui habitait à côté. C'est vous, n'est-ce pas ?

– Oui, c'est moi.

– Vous lui avez donné des conseils ?

– Du moment qu'il est venu me consulter, c'était pour me demander des conseils. Je lui en ai donnés comme je vous en aurais donnés à vous-même, si vous m'en aviez demandé.

– Ah ! oui, je comprends. Dans ces conditions, c'était tout à fait naturel.

Elle se leva, fit quelques pas sans que sa fille qui la tenait par la taille la lâchât.

– Je vous remercie infiniment, dit-elle, pour tout ce que vous avez fait pour Juliette et par conséquent pour moi.

Elle se tourna vers l'enfant.

– Tu ne remercies pas.

– Oui, je remercie.

– Fais-le en regardant monsieur.

– Je vous remercie, monsieur.

Charles souriait pour ne pas paraître ému. D'ailleurs il n'avait aucune raison de l'être. Du moment que Juliette était heureuse, sa tâche était terminée.

– Vous retournez dans la petite cour ?

– Il le faut bien pour le moment. Mais nous n'y resterons pas. J'irai chez mon ami, sans doute. Lui, il habite une maison dont les fenêtres donnent sur la rue.

– Vous emmènerez Juliette, naturellement.

– Elle fera ce qu'elle voudra.

– J'irai avec toi, maman.

Il y avait déjà un long instant que Charles cherchait une occasion d'offrir de l'argent à Hélène Sarrasini. Comme elle s'était approchée de la porte, il lui dit :

– Si vous avez besoin d'argent, dites-le-moi.

Le trouble qu'elle avait montré lorsqu'elle avait remercié M. Benesteau de ses bontés n'avait rien été à côté de celui qui se peignit sur son visage. Elle rougit et pâlit tour à tour. Tout ce qu'on avait fait pour sa fille ne comptait plus. Charles Benesteau comprit alors pourquoi cette femme l'avait remercié si froidement. Il comprit qu'elle ne lui avait aucune reconnaissance d'avoir recueilli Juliette, car elle ne concevait pas qu'on pût laisser une enfant livrée à elle-même. Ce que M. Benesteau avait fait était naturel. Mais ce qui ne l'était pas, c'était qu'il lui offrît de l'argent.

– Vous êtes trop bon.

– C'est bien. Je n'ai pas d'argent sur moi. Mais demain, si vous le permettez, je passerai chez vous. À quelle heure serez-vous là ?

Hélène Sarrasini avait le sang à la tête. Elle aurait voulu dire toute sa gratitude à Charles. Elle voyait bien qu'il ne se moquait pas d'elle. Elle comprenait vaguement sur quoi il s'appuyait pour la traiter avec autant d'égards. Elle devinait que personne n'a le droit de se considérer comme supérieur à son semblable. Et au lieu d'avoir la méfiance d'une fille par exemple que quelque étudiant se proposerait d'amender, elle s'abandonnait à la douceur de se sentir défendue.

– Je ne sais pas, répondit-elle sans chercher à se rendre meilleure pour la circonstance, car je ne couche pas chez moi ce soir. Je rentrerai demain, avec Juliette, parce qu'elle ne voudra pas me quitter ce soir. Voulez-vous que je monte chez vous ?

– C'est cela… Venez demain soir, vers six heures.

– Bien.

Ce fut le dernier mot d'Hélène Sarrasini. Elle ouvrit la porte, se retourna pour adresser un sourire à Charles Benesteau et, en tenant le bras de sa fille, elle descendit l'escalier.

XVI

Lorsqu'il fut seul, Charles Benesteau se rendit à la cuisine, comme si rien ne s'était passé, et prépara son dîner. Lorsqu'il eut terminé, il retourna dans son bureau et, pendant quelques minutes, marcha de long en large, les mains derrière le dos. Il était neuf heures du soir. On entendait la T.S.F. des voisins. Il ne faisait pas complètement nuit. C'était l'instant de la journée que Charles préférait. Cette soirée, après tous les petits événements du mois, avait une gravité particulière. La vie, brusquement, avait repris son cours normal. Charles se retrouvait seul, aussi seul qu'il avait été après avoir quitté le boulevard de Clichy.

D'habitude, dès qu'il avait un moment de tranquillité, il écrivait. Ce soir-là, il n'en eut pas envie. Il n'était pas triste pourtant. Au contraire, il avait le sentiment que les choses étaient à leur place et que lui-même, dans son isolement, était plus fort. Le souvenir des gens qu'il avait vus, des conversations qu'il avait tenues, de tous les sentiments plus ou moins beaux qu'il avait fait naître, lui causait un malaise semblable à celui qu'il avait éprouvé tant de fois lorsqu'aux journées harassantes du Palais avaient succédé les mondanités du foyer. Aussi, en face de sa fenêtre ouverte, se sentait-il plus pur.

Mais il ne tarda pas à se reprocher ce bien-être. N'était-il pas fait d'un peu d'égoïsme ? Il ne fallait pas oublier que ce n'était ni par misanthropie, ni par amour de la solitude qu'il s'était séparé de sa femme, mais pour des raisons beaucoup plus profondes.

Le lendemain, Charles Benesteau se rendit à sa banque, prit dix mille francs. Il était si impatient de les donner qu'il ne put attendre le rendez-vous. Vers quatre heures, il les porta à Hélène Sarrasini. Il s'arrêta devant la porte. Celle-ci n'avait pas de serrure. On la fermait la nuit avec un cadenas. Il frappa. Hélène n'était pas seule. Son amant, le plombier, et Juliette se trouvaient avec elle. Tous trois étaient en train de mettre de la paille fraîche dans un sac de couchage. L'unique fenêtre était ouverte. Toutes les odeurs de la cour flottaient dans la pièce.

– Entrez, entrez.

Charles s'avança. Hélène s'était levée mais le plombier et Juliette étaient restés accroupis.

– Je vous apporte la somme dont je vous ai parlé hier.

Mme Sarrasini n'avait plus son pansement. Charles remarqua qu'elle était jolie. Malheureusement, elle était habillée sans soin. On devinait sous sa robe lâche, d'un jaune foncé et sale, sa poitrine tombante. Elle avait des bas de coton, jaunes également, criblés de minuscules taches brunes. Elle avait sans doute renversé du café. Elle ne portait pas de ceinture. Ses cheveux lui pendaient sur les yeux. Son seul luxe, et il eût mieux valu qu'elle s'en privât, était deux anneaux de la taille d'un bracelet qu'elle portait en guise de boucles d'oreilles.

– Vous ne m'avez pas oubliée, dit-elle en tendant la tête en avant et en montrant ses dents éclatantes.

– Tenez, dit Charles Benesteau en lui donnant une enveloppe.

Elle la prit, mais ne l'ouvrit pas. Elle regardait son interlocuteur, la bouche entrouverte, avec une expression interrogative et reconnaissante. Il semblait qu'elle allait parler et elle ne disait rien, comme si elle attendait une réponse. Brusquement, elle ne se contint plus. Elle prit la main de Charles Benesteau et la pressa contre ses seins. Ils firent deux pas, se rapprochèrent de la fenêtre.

– Vous êtes un homme extraordinaire, lui dit-elle en écarquillant ses yeux le plus qu'elle pouvait et en pinçant Charles à trois reprises.

– Surtout ne me dites pas cela.

– Si, vous êtes un homme extraordinaire. Juliette m'a raconté beaucoup de choses. Je vous comprends. Je comprends tout.

Elle parlait comme une femme ivre.

– Il n'y a rien à comprendre.

– Si, si, il y a beaucoup de choses à comprendre. Je ne suis pas assez instruite pour vous le dire, mais je sais, je vois, je sens.

Charles Benesteau ne put se défendre contre un certain malaise. Il y avait dans l'exaltation de cette femme comme la volonté de remercier d'une manière originale, d'être digne de tant de générosité. C'était trop visible. Cela en devenait gênant.

– Ne parlons plus de moi. Je voulais vous demander quelque chose. Vous êtes du Midi, n'est-ce pas ?

Cette question dut soulager Mme Sarrasini car elle répondit aussitôt, joyeuse qu'elle était de quitter le terrain des remerciements où elle se sentait maladroite.

– Mon mari est italien et moi je suis de la Provence.

– Pourquoi ne retourneriez-vous pas dans votre pays ? Vous achèteriez une petite maison. Votre fille grandirait en plein air, se fortifierait. Ce monsieur qui est là vous accompagnerait. Il exercerait son métier là-bas, au lieu de l'exercer rue de Vanves.

– Oui, j'y ai pensé, répondit Hélène qui craignait sans doute de décevoir son bienfaiteur.

– Faites-le, vous me feriez un grand plaisir. Je vous donnerai ce qu'il faudra. Mais ne restez pas ici.

Sur ces mots, Charles Benesteau se dirigea vers la porte. Avant de sortir, il se retourna :

– Faites surtout ce que vous désirez.

Il avait été pris d'un léger remords. Au moment de prendre congé, il s'était aperçu que l'insistance avec laquelle il avait conseillé ce départ avait eu pour cause, non pas l'intérêt d'Hélène et de sa fille, mais le sien propre. Plusieurs fois déjà, il avait pensé qu'il lui serait désagréable de rencontrer cette femme. Elle raconterait partout ce qu'il avait fait. Il passerait pour un original. C'était justement ce qu'il redoutait le plus.

Cinq minutes plus tard, il était rentré chez lui. Après tout, Hélène Sarrasini pouvait bien faire ce qu'elle voulait. Il se réjouissait de le lui avoir dit avant de partir. Ne devait-il pas accepter de passer pour un original, si c'était nécessaire ?

XVII

L'été touchait à sa fin. Déjà les feuillages roussissaient. Il y avait pourtant encore des Parisiens qui partaient en vacances. Charles Benesteau, lorsqu'il passait devant la gare Montparnasse, aimait à les regarder aux prises avec leurs bagages, les porteurs, les chauffeurs, à surprendre le désir qu'avait chacun d'être le mieux placé, le premier arrivé.

Cet été passé à Paris ne lui avait pas été favorable. Il avait maigri. Son teint était pâle, le cerne de ses yeux légèrement enflé. Il est vrai que depuis qu'il était venu en aide aux Sarrasini, il avait été en butte à toutes les tracasseries imaginables. Mme Bichat qui, jadis, avait tant aimé à bavarder avec lui, ne lui remettait plus les rares lettres à son adresse. Il était obligé de frapper à la porte de la loge pour demander s'il avait quelque chose. « Vous n'avez qu'à regarder dans le casier », lui répondait-on avec insolence. Quant à Mme Chevasse, elle le haïssait. Il la rencontrait souvent dans le quartier. Chaque fois, elle détournait la tête, crachait un peu de salive, en se courbant comme le font les femmes. Pourtant, chaque fois, il la regardait avec l'espoir de rencontrer ses yeux pour lui sourire. Les époux Serrurier, eux-mêmes, quand ils prenaient le frais devant la porte de l'immeuble, assis sur des chaises dont le déménagement avait été l'événement de l'après-midi, et qu'ils voyaient passer Charles Benesteau, baissaient la tête.

Qu'avait-il donc fait pour inspirer tant de haine ? Évidemment, il n'avait pas donné à tout le monde ce qu'il avait donné aux Sarrasini. Mais pourquoi ne le traitait-on pas comme un locataire quelconque ? Il ne demandait aucun privilège. Au contraire, il ne désirait que passer inaperçu. La lecture prenait aujourd'hui tout son temps. Il s'était imposé quelques exercices quotidiens de mnémotechnie. Il n'avait aucun penchant pour aucune étude, mais il aimait à apprendre et il aurait voulu avoir une bonne mémoire.

Un matin, il se réveilla la tête lourde. Il avait lu très tard la veille puis, dans son lit, il avait écrit plusieurs pages sur un souvenir qui lui tenait au cœur, non pas celui de son premier amour mais celui d'une jeune femme mariée qu'il avait aimée sans jamais le lui dire et qui s'en était aperçue. Ce souvenir en avait évoqué d'autres. Il avait revu le grand jeune homme qu'il avait été avant la guerre et il s'était attendri sur toutes les ambitions enfantines qu'il avait eues. Il s'était endormi très tard. Il n'y avait donc rien d'étonnant à ce qu'il eût, ce matin-là, la tête lourde. Il se leva. En ouvrant les volets, il constata que le ciel était gris, sans nuages semblait-il, comme si, dans la nuit, il avait simplement changé de couleur. Il referma aussitôt la fenêtre car un vent froid s'était engouffré dans la pièce. À ce moment il eut un frisson et dut s'asseoir. Quand il fut remis, il alla chercher le demi-litre de lait qu'on déposait à sa porte tous les matins, moyennant un supplément de dix centimes, et il se rendit à la cuisine pour préparer son petit déjeuner. Il n'ouvrait jamais la fenêtre de la cuisine pour ne pas être vu par Mme Chevasse qui habitait juste en face. Cette cuisine mesurait un mètre sur deux. Sur un ancien fourneau à charbon de bois un réchaud à gaz était posé. Avant de l'allumer, il versa son lait dans une casserole puis, après avoir fait couler quelques gouttes d'eau dans la bouteille, il la rinça. Alors seulement, pour ne pas user du gaz inutilement, il frotta une allumette. Quand le lait eut bouilli, il emplit une tasse puis recouvrit la casserole d'une assiette. Avec cette tasse et un morceau de pain de la veille, il retourna dans sa chambre. Il rompit le morceau de pain rassis, en avala une bouchée. Au même moment un flot de sang jaillit de ses lèvres. Il s'appuya au dossier d'un fauteuil pour ne pas tomber. Il était devenu blanc comme le lait qu'il avait posé sur la table. L'émotion, la peur, l'empêchaient de respirer. Il s'essuya le visage, les mains, il frotta le revers de sa robe de chambre. « Qu'est-ce qui est arrivé ? » Petit à petit, il se ressaisit. « C'est ce pain rassis », murmura-t-il. « Ce pain rassis a dû me déchirer un muscle. » Un muscle ! Ce mot, combien de fois l'avait-il entendu dans sa famille ! Les douleurs que son père avait eues dans les reins, dans le dos, avaient toujours été musculaires. Celles de sa mère, celles de ses amis, également.

Charles Benesteau but le lait qu'il avait préparé. Il n'y avait plus de trace de cette hémorragie, sinon un goût bizarre qui lui restait au palais. Il avait caché sa serviette tachée de sang. Il s'habilla. Il se sentait bien et faible en même temps. Il avait le sentiment qu'il lui serait agréable d'être entouré de soins, comme s'il n'avait eu qu'un simple chaud et froid. Seulement lorsqu'il fut prêt, parce que peut-être il se sentait plus fort, il osa se regarder dans une glace. Il eut alors l'impression qu'il était gravement malade. Il était exactement le même que la veille et pourtant il se voyait comme s'il avait bu, tantôt souriant, tantôt sévère, avec ses sourcils, ses cheveux moins noirs qu'il ne le croyait. À ce moment, il eut une sensation de chatouillement à la poitrine. Il fut pris de terreur. Allait-il cracher de nouveau le sang ? Il tourna la tête. Il sentit ses lèvres mouillées, son menton également. Il prit la serviette qu'il avait cachée, fit quelques pas. Cette fois il n'avait pas mangé de pain rassis. Un tremblement l'agita des pieds à la tête. Il ne songeait plus à se convaincre qu'il était en bonne santé en restant debout. Il se laissa tomber dans un fauteuil. Il avait fermé les yeux. Il les ouvrit pour ne pas se laisser aller à croire qu'il rêvait. Il avait saigné deux fois, mais un peu moins la seconde. « Mais oui, un peu moins », murmura-t-il.

Une heure s'écoula avant qu'il eût la force de se lever. À chaque instant, il pensait que la veille il s'était porté parfaitement et qu'aujourd'hui il était malade. Il mit son pardessus, un cache-nez, et sortit. La concierge balayait justement le corridor.

– Bonjour, madame Bichat, dit Charles Benesteau en évitant de marcher sur les tas de poussière que la concierge se proposait d'enlever plus tard avec la pelle à charbon.

– Faites attention…

– Oui, oui, je fais attention.

La rue de Vanves lui sembla une rue inconnue. Le condamné à mort gracié et libéré, qui retourne dans le quartier où il a passé son enfance, n'est pas plus ému que Charles ne l'était devant ces maisons, ces magasins qui, la veille encore, l'avaient laissé si indifférent. Il lui semblait qu'il marchait dans une ville inconnue. Et pourtant tout lui était familier. Rue de la Gaieté, il n'y tint plus. Il fallait qu'il vît un docteur. Il fallait qu'il pût dire à quelqu'un ce qui était arrivé. Il héla un taxi.

– Un, avenue Mozart, dit-il au chauffeur.

Tout le long du trajet, il trembla que les secousses de la voiture ne provoquassent une nouvelle hémorragie. Un instant, il avait songé à se faire conduire chez ses frères, mais il s'était juré de ne jamais rien leur demander. Il avait songé également à se rendre boulevard de Clichy. Non, c'était impossible. Tout Paris aurait su qu'il était malade.

Mme Charmes-Aicart aimait à faire dire par sa domestique qu'elle était dans son bain. Ce fut en effet la réponse qu'on fit à Charles quand il demanda à la voir.

– Dites à Madame que je tiens à la voir tout de suite. J'ai quelque chose de très grave à lui annoncer.

Quelques instants après, Mme Charmes-Aicart rejoignait Charles. Elle était souriante.

– Qu'est-ce qui se passe, cher ami ?

En quelques mots, M. Benesteau raconta ce qui venait de lui arriver. Le visage de Mme Charmes-Aicart devint grave. Elle regarda Charles comme s'il venait de lui parler des malheurs d'un autre.

– Il faut voir un médecin tout de suite, dit-elle.

– Vous croyez que c'est vraiment grave ?

– Non, cela peut être un peu de fatigue, à moins que ce ne soit, comme vous m'avez dit, ce morceau de pain rassis. Quelle idée aussi avez-vous eue de manger du pain rassis !

Ce n'était pas seulement, comme le croyait Charles lui-même, les circonstances qui l'avaient amené, en un moment si tragique, chez son ancienne maîtresse, mais le sentiment qu'il trouverait près d'elle plus de réconfort qu'auprès de sa famille. Malgré sa coquetterie, malgré son goût pour les petites soirées entre amis seulement, elle aimait à secourir et à réconforter. Aucune situation n'était désespérée avec elle. Tout danger pouvait être combattu, et ce qui était plus sympathique encore, c'était qu'elle avait conscience du rôle qu'elle jouait, et qu'elle considérait comme de son devoir de sacrifier ses petites occupations s'il le fallait. Ce jour-là, elle devait déjeuner justement avec un administrateur du Châtelet. Elle téléphona de sa chambre pour se décommander. Puis elle pria un de ses amis, le professeur Genèvrier, de venir le plus vite possible.

– Eh ! bien, Charles, ne vous laissez pas abattre comme cela, dit-elle lorsque, une fois habillée, elle revint au salon.

M. Benesteau ne répondit pas. Il avait la fièvre. Par moments il grelottait.

– Voyons, vous n'allez pas prendre au tragique un petit accident qui arrive à tout le monde. J'ai téléphoné au docteur. Il va arriver dans un instant. Nous allons être tout de suite fixés.

Un quart d'heure plus tard, le docteur Genèvrier pénétrait dans la pièce. C'était un grand et bel homme, au visage fermé, qui, certes, ne devait pas réconforter ses malades en leur disant : « Mais ce n'est rien, j'ai eu la même chose que vous. » Charles lui raconta ce qui s'était passé. Le médecin fit une moue, lui répondit qu'il ne pouvait lui ordonner de traitement avant de l'avoir ausculté, il faudrait que M. Benesteau passât au cabinet. Pour le moment, il ne pouvait rien dire. En tous les cas, M. Benesteau ne devait pas s'inquiéter. Souvent ces petites hémorragies n'avaient aucune signification et se produisaient chez des êtres parfaitement sains.

– J'ai mangé un morceau de pain rassis, dit Charles.

– Justement, vous voyez, cela confirme ce que je viens de vous dire.

Mais dans le hall, dès qu'il fut seul avec Mme Charmes-Aicart, il ne lui cacha pas ses inquiétudes. Charles avait certainement une ou plusieurs lésions aux poumons. Il faudrait le conduire à la montagne. Seul un air très sec pourrait le sauver.

Lorsque Charles voulut se retirer, Mme Charmes-Aicart l'en empêcha.

– Je ne veux pas vous laisser seul.

– Si. Je vais rentrer.

– Il faut vous soigner. Je vais m'occuper de vous. Je vais vous reconduire.

– Non, ce n'est pas la peine.

– Avez-vous prévenu votre famille ?

– Je ne la préviendrai pas.

– Charles, voyons, quand on a quelque chose, il faut se soigner. Vous connaissez mon amitié. Pour elle, faites-le.

– Laissez-moi rentrer.

En disant ces mots, il se leva. Tout à coup, il pâlit, faillit tomber. Il lui avait semblé ressentir un chatouillement à la poitrine. Il pinça les lèvres. Durant un instant, il attendit cette hémorragie, comme la mort. Mais il s'était trompé. À force de penser ce qui était arrivé le matin, il s'imaginait à chaque instant qu'un nouveau flot de sang lui montait à la bouche.

XVIII

Un mois plus tard, par une matinée radieuse d'automne, Charles Benesteau rendait le dernier soupir.

En quittant Mme Charmes-Aicart, il avait pris un taxi et s'était fait conduire rue de Vanves. En passant devant la loge, il avait demandé à Mme Bichat si elle n'avait pas revu Eugénie. Il avait peur de rester seul. Il lui semblait que la présence de cette pauvre femme l'eût réconforté. Mais Mme Bichat lui avait répondu qu'elle ne fréquentait pas des gens comme Eugénie. Il avait alors prié la concierge de monter dans la soirée car il ne se sentait pas bien. Elle avait accepté, non sans refuser de préciser l'heure car elle n'était pas de celles qui « se tournent les pouces toute la journée ».

Aussitôt rentré, il s'était couché. Il avait cru qu'il pourrait lire, écrire. Il avait posé des livres sur la table de nuit, ses cahiers. Mais à peine étendu, il s'était mis à transpirer au point qu'un quart d'heure plus tard il avait dû se relever pour changer ses draps.

Mme Bichat n'était montée que le lendemain matin. Charles avait passé une très mauvaise nuit. À l'aube seulement il s'était assoupi.

– Je voudrais, madame Bichat, avait-il dit, que vous téléphoniez à madame Charmes-Aicart. Vous trouverez le numéro dans l'annuaire. Vous la prierez de venir me voir. Je voudrais également que vous tâchiez de retrouver Eugénie.

– Comment voulez-vous que je retrouve une femme qui n'a pas de domicile, qui couche sous les ponts ? Il faudrait vous adresser à la police.

– Si vous ne la retrouvez pas, voulez-vous demander à une de vos amies si elle accepterait d'habiter ici tant que je serai malade ?

Mme Charmes-Aicart était arrivée à midi. Quand elle apprit que Charles n'avait pas encore consulté un médecin, elle s'était écrié : « C'est de la folie ! » À quatre heures, le professeur Genèvrier avait sonné rue de Vanves. Après avoir longuement examiné le malade, il avait pris Mme Charmes-Aicart à part. « Il faut que monsieur Benesteau parte immédiatement pour la montagne. » Puis, jetant un regard circulaire, il avait ajouté : « Qu'est-ce que cela veut dire ? » – « Je vous expliquerai cela plus tard », avait répondu Mme Charmes-Aicart.

Mais Charles n'avait pas voulu quitter son appartement.

Quinze jours s'écoulèrent ainsi. L'état de M. Benesteau s'était aggravé. Un médecin de quartier que le malade avait absolument voulu consulter affirma qu'il n'était pas nécessaire de quitter Paris si Charles consentait à se laisser faire des pneumothorax. Il refusa. Ce fut à ce moment que, prise de peur, Mme Charmes-Aicart prévint la famille Benesteau. Le jour même les deux frères coururent rue de Vanves avec un médecin de leurs amis, le docteur Chimay. Comme les précédents, ce dernier fut très pessimiste. Il fallait absolument que le malade consentît à se rendre en Suisse. On manda Alberte pour le persuader de faire ce voyage, mais en vain.

À partir de ce jour, ce ne furent qu'allées et venues. Mme Bichat n'avait jamais été à pareille fête. Les époux Serrurier ne quittaient plus l'entrée de leur maison. Il y avait toujours un curieux à une fenêtre, guettant les voitures qui, sans cesse, s'arrêtaient rue de Vanves. Mme Chevasse elle-même avait tenté des travaux d'approche. Par Mme Bichat, elle avait fait savoir à l'infirmière qu'elle pouvait la remplacer le cas échéant. On ne parlait plus de transporter Charles en Suisse. Son état ne l'eût plus permis. Il ne cessait de somnoler. Le petit appartement où il s'était retiré avec tant de joie, où la solitude lui avait été si douce, était devenu une sorte de lieu public. La porte n'en était plus fermée et les voisins, plusieurs fois par jour, venaient voir ce qui s'y passait. Mme Chevasse avait trouvé le moyen de se faire engager par l'infirmière pour les bas travaux. Quant à Eugénie, elle s'était présentée à plusieurs reprises chez son ancien maître, mais chaque fois il s'était trouvé quelqu'un pour l'évincer.

Maintenant Charles Benesteau était mort. Il reposait dans son cercueil. Les volets étaient fermés. Des cierges brûlaient. Il y avait des fleurs partout. Mme Chevasse, assise sur une chaise, le veillait. Il était onze heures du matin. La porte d'entrée de l'immeuble disparaissait sous un drap en haut duquel deux initiales blanches, C.B., se détachaient. Des agents se promenaient lentement dans la rue de Vanves, prêts, au signal que leur donnerait leur brigadier, à interrompre la circulation. Très loin, jusqu'à la rue du Château, des automobiles étaient rangées le long des trottoirs. Un corbillard était arrêté devant la porte. Dans le couloir étroit de l'immeuble, si étroit que deux personnes pouvaient à peine passer de front, se trouvaient déjà les tréteaux sur lesquels on allait poser le cercueil. Les époux Serrurier, vêtus de noir, attendaient dans la rue. À eux se joignirent bientôt toutes les commères de la maison.

Une demi-heure plus tard, le corbillard s'ébranlait. Deux voitures couvertes de fleurs le suivaient, puis une foule innombrable, puis les automobiles. Le temps était gris, mais pas particulièrement triste. Jamais un enterrement pareil n'avait suivi la rue de Vanves. Il y avait du monde à toutes les fenêtres. On apercevait, dans le lointain, les toits des autobus arrêtés. Tous les commerçants étaient à la porte de leur boutique.

Immédiatement après les fleurs venaient les frères du défunt, en habit, ses confrères, les amis. L'un d'eux disait : « Maintenant je comprends beaucoup de choses. Charles devait avoir le pressentiment de sa mort. » Puis, tout en queue du cortège, ces petites gens au milieu desquels Charles Benesteau avait vécu plus d'une année. Ils étaient tous là, sauf les Sarrasini. Il y avait Mme Chevasse, Mme Bichat, la jeune Léa, Mme Babillot, et même Eugénie à qui personne ne parlait.

DU MÊME AUTEUR

Le Crime d'une nuit
Y. Rivière éd., 1974
et Flammarion, « Étonnants classiques », n° 2201

Un autre ami
Y. Rivière éd., 1976

Armand
Flammarion, 1977

Mes amis
Flammarion, 1977

Henri Duchemin et ses ombres
Flammarion, 1983

Journal écrit en hiver
Flammarion, 1983

Un soir chez Blutel
Flammarion, 1984

Un homme qui savait
La Table ronde, 1985
et « Petite vermillon », n° 56

Le Piège
La Table ronde, 1986
et « Petite vermillon », n° 267

La Coalition
Suivi de Un Raskolnikoff
Flammarion, 1986

Un fait divers inconnu
L'autodidacte éditeur, 1986

La Dernière Nuit
Le Castor Astral, 1986

Aftalion, Alexandre
Le Dilettante, 1986, 1989

Le Meurtre de Suzy Pommier
EST éd., 1987

Un célibataire
Calmann-Lévy, 1987, 1994

Mémoires d'un homme singulier
Calmann-Lévy, 1987, 1994

Cœurs et visages
Calmann-Lévy, 1988
et Serpent à plumes, « Motifs », nº 149

Départ dans la nuit
La Table ronde, 1988
et Gallimard, « L'Imaginaire », nº 284

Monsieur Thorpe et autres nouvelles
Le Castor Astral, 1988, 2003

Le Beau-Fils
Critérion, 1991

La Mort de Dinah
Le Dilettante, 1992
et Serpent à plumes, « Motifs », nº 258

L'Impossible Amour
Le Castor Astral, 1994

Adieu Fombonne
Le Passeur, 1994
et Le Castor Astral, « Millésimes », nº 4

L'Amour de Pierre Neuhart
Le Castor Astral, 1998
et « Points », nº P796

Un caractère de femme
Flammarion, 1999

Œuvres
Flammarion, 1999

Le Beau-Fils
Le Passeur, 2000

RÉALISATION : I.G.S.-C.P. À L'ISLE-D'ESPAGNAC
IMPRESSION : NORMANDIE ROTO IMPRESSION S.A.S., À LONRAI
DÉPÔT LÉGAL : FÉVRIER 2009. N° 99098 (084413)
Imprimé en France

Collection Points Signatures

P1856. Le Jardin de ciment, *Ian McEwan*
P1857. L'Obsédé (L'Amateur), *John Fowles*
P1858. Moustiques, *William Faulkner*
P1859. Givre et sang, *John Cowper Powys*
P1860. Le Bon Vieux et la Belle Enfant, *Italo Svevo*
P1924. Bright Lights, Big City, *Jay McInerney*
P1925. À la merci d'un courant violent, *Henry Roth*
P1926. Un rocher sur l'Hudson, *Henry Roth*
P1927. L'amour fait mal, *William Boyd*
P2081. G., *John Berger*
P2082. Sombre comme la tombe où repose mon ami *Malcolm Lowry*
P2083. Le Pressentiment, *Emmanuel Bove*
P2084. L'Art du roman, *Virginia Woolf*

Collection Points

DERNIERS TITRES PARUS

P2075. Quand j'écris je t'aime
suivi de Le Prolifique et Le Dévoreur
W.H. Auden
P2076. Comment éviter l'amour et le mariage
Dan Greenburg, Suzanne O'Malley
P2077. Le Fouet, *Martine Rofinella*
P2078. Cons, *Juan Manuel Prada*
P2079. Légendes de Catherine M., *Jacques Henric*
P2080. Le Beau Sexe des hommes, *Florence Ehnuel*
P2081. G., *John Berger*
P2082. Sombre comme la tombe où repose mon ami
Malcolm Lowry
P2083. Le Pressentiment, *Emmanuel Bove*
P2084. L'Art du roman, *Virginia Woolf*
P2085. Le Clos Lothar, *Stéphane Héaume*
P2086. Mémoires de nègre, *Abdelkader Djemaï*
P2087. Le Passé, *Alan Pauls*
P2088. Bonsoir les choses d'ici-bas, *António Lobo Antunes*
P2089. Les Intermittences de la mort, *José Saramago*
P2090. Même le mal se fait bien, *Michel Folco*
P2091. Samba Triste, *Jean-Paul Delfino*
P2092. La Baie d'Alger, *Louis Gardel*
P2093. Retour au noir, *Patrick Raynal*
P2094. L'Escadron guillotine, *Guillermo Arriaga*
P2095. Le Temps des cendres, *Jorge Volpi*
P2096. Frida Khalo par Frida Khalo, Lettres 1922-1954
Frida Khalo
P2097. Anthologie de la poésie mexicaine, *Claude Beausoleil*
P2098. Les Yeux du dragon, petits poèmes chinois, *Anthologie*
P2099. Seul dans la splendeur, *John Keats*
P2100. Beaux Présents, Belles Absentes, *Georges Pérec*
P2101. Les Plus Belles Lettres du professeur Rollin
Ou comment écrire au roi d'Espagne
pour lui demander la recette du Gaspacho
François Rollin
P2102. Répertoire des délicatesses du français contemporain
Renaud Camus
P2103. Un lien étroit, *Christine Jordis*
P2104. Les Pays lointains, *Julien Green*
P2105. L'Amérique m'inquiète.
Chroniques de la vie américaine 1
Jean-Paul Dubois